자객전서

수담 · 옥 新무협 판타지 소설

FANTASTIC ORIENTAL HEROES

자객전서 8

수담 · 옥 新무협 판타지 소설

초판 1쇄 찍은 날 § 2014년 10월 23일
초판 1쇄 펴낸 날 § 2014년 10월 30일

지은이 § 수담 · 옥
펴낸이 § 서경석

편집부장 § 권태완
편집책임 § 박은정

펴낸곳 § 도서출판 청어람
등록번호 § 제387-1999-000006호
등록일자 § 1999. 5. 31
어람번호 § 제2-2543호

주소 § 경기도 부천시 원미구 심곡2동 163-2 서경B/D 3F (우) 420-822
전화 § 032-656-4452 팩스 § 032-656-4453
http://www.chungeoram.com
E-mail § chungeorambook@daum.net

ISBN 979-11-316-9259-2 04810
ISBN 979-11-5681-921-9 (세트)

자객전서

8

수담 · 옥 新무협 판타지 소설

[완결]

[용난화 전서]

F A N T A S T I C   O R I E N T A L   H E R O E S

자객전서

1장

망월구객

　혈마의 정체를 가장 먼저 의심한 사람은 신마 초위강이었다.

　중정부 조사실에서 혈마와 싸웠을 때 철망 가리개가 부러졌는데 그때 본 얼굴이 신마의 기억 속에 있던 혈마의 얼굴과 달랐던 것이다.

　아울러 그 얼굴은 신마의 인생에서 쓰라린 패전을 겪게 했던 원인 제공자, 신강의 저격수 야랑의 모습과 이상하리만치 많이 닮아 있었다.

　때문에 신마는 그날 이후, 중정부의 정보망을 총동원해서 혈마가 마중옥에 갇히게 된 사건을 은밀히 재조사했다.

조사가 진행될수록 혈마의 대체자로 야랑이 대두됐고 그러던 중에 백쌍결의 보고로 혈마의 정체가 최종 확인되었다.

무림이 발칵 뒤집힐 일이며 또한 반맹거사에 심각한 위험 요소가 되는 사안이지만 신마는 혈마의 정체를 반맹 수뇌부에 알려주지 않았다.

신마가 판단하기로 용마총 상황은 되돌릴 수 없을 만큼 악화됐다.

정존이 미친 짓거리를 하는 바람에 반맹의 조직이 강호에 백일하에 드러났다.

이런 상황에서는 설령 반맹이 거사에 성공한들 신마교는 중원 무림에 제대로 남아 있을 수가 없었다.

그럴 바엔 차라리 야랑을 지원하는 무림맹과 정존의 반맹이 서로 맞붙어 둘 중 하나가 사라지는 게 신마교에 훨씬 더 이로웠다.

반맹이든 무림맹이든 어차피 신마교가 최종적으로 타도해야 할 대상인 것이다.

신마의 이러한 생각은 용비광장에서 철수하는 길에 삼마종과 나눈 대화에서 더욱 심도 깊게 드러났다.

삼마종은 초위강이 신강의 전쟁에서 패한 후, 십오 년 동안 와신상담하며 키워낸 신마교 최강의 무인들이다.

금마종이 물었다.

"야랑과의 대적을 왜 피하셨습니까? 놈을 살려둔다면 신마교의 무림 통일에 두고두고 문젯거리가 되지 않겠습니까."

화마종도 금마종의 뜻에 동의했다.

"내 생각도 화마종과 같습니다. 아비객이 제아무리 강한 존재라고 해도 우리가 전력을 다했다면 놈은 오늘 무사하지 못했을 겁니다."

신마는 대답에 앞서 금마종과 화마종 사이에 있는 적포인을 주목했다.

"초휘야, 네 생각도 그러하냐?"

초휘란 인물, 야랑과 경신 대결을 펼쳤던 환마종이다.

"솔직히 말씀드려도 되겠습니까?"

"물론이지."

"주군의 판단이 옳았습니다. 야랑과 싸웠으면 우리는 오늘 큰 낭패를 보았을 겁니다."

"구체적으로 말해보라."

"시공의 벽을 깬 야랑의 망량은 전인미답의 경지이기에 그 속에서는 어떤 일이 벌어질지 아무도 모릅니다. 아마 야랑 자신도 망량으로 무엇까지 가능한지 알지 못하고 있을 겁니다."

신마가 환마종의 말을 잠시 생각해 보곤 다시 물었다.

"하면 앞으로도 야랑을 상대할 방법이 없다는 거냐?"

"내 말뜻은 망량을 발휘하는 야랑을 잡을 방법이 없다는 겁니다. 연구해 보면 야랑을 죽일 방법이야 열 가지도 넘겠지요."

신마는 입맛을 다졌다.

환마종의 주장과 다르게 야랑을 죽일 방법을 찾는 것도 쉽지 않았다.

야랑은 망혼보와 더불어 능광검도 성취했다. 또한 불가공법이 아니더라도 자객으로서 천재적인 저격 능력을 소유했다.

"됐다. 지긋지긋하니 그 인간 이야기는 이제 그만하자. 전생에 무슨 악연인지 그놈은 두 번에 걸쳐 우리의 대업을 방해하고 있다."

신마가 안건을 돌리며 용문전으로 향했다.

현재 신마와 삼마종만 그곳으로 들어간다. 신마교 무인들은 이 시각 용문전이 아닌 암벽을 등반해서 용마총을 빠져나가고 있다.

화마종이 물었다.

"참, 주군께선 정말로 모든 것을 접고 신강으로 돌아가실 겁니까?"

"상황을 보고도 몰라? 야랑은 둘째 치고 망월구객까지 현장에 투입되었어. 반맹은 이제 끝이야. 애초에 정존 그 미치광이를 믿고 거사를 추진한 것이 잘못이었어."

"십 년도 넘게 준비한 거사인데 하루아침에 포기하자니 분하지 않습니까?"

"억울하고 말 것은 없어. 우린 십 년 동안 얻을 것은 다 얻었어. 신마교 조직도 재구성했고, 중정부의 정보력으로 천마비전(天魔秘傳)도 찾아냈지. 신강으로 돌아가서 다시 거사를 준비하면 돼. 다음번에 강호로 나올 때는 다른 놈들과 절대로 연합하지 않아."

신마가 미련 없이 현 상황을 접어버리자 삼마종도 더는 그점에 대해 연연하지 않았다.

용문전 입구가 전방에 보인다.

용문전은 새로이 건축된 건물인데 지금 반맹의 무인들이 완전무장으로 정문을 뛰쳐나오고 있다.

망월루의 기습에 전력으로 맞서라는 지시가 떨어진 것 같았다.

환마종이 말했다.

"그냥 발길을 돌리시지요. 이젠 우리와 상관없는 놈들인데 굳이 용문전에 들어가 정존을 만날 필요가 있겠습니까?"

신마가 피식 웃었다.

"걱정 마. 난 상황 대처가 아닌 즐기려고 들어가는 거니까."

"즐긴다고요? 뭘?"

"난 정존에게 이 사태의 원인이 아비객이란 것을 알려주고자 용문전에 들어가는 거야. 아비객이라면 자다가도 치를 뜨는 정존이니 아마 그 장면이 아주 볼만할 거다."

"하긴! 그리되면……."

"정존의 눈이 완전히 뒤집어지겠군요."

신마의 말에 삼마종이 동시에 묘한 미소를 머금었다.

즐긴다는 것.

정존이 미쳐 버리는 모습을 눈으로 직접 지켜보겠다는 거다.

어느덧 용문전이다.

대전에는 상단의 태사의를 중심으로 반맹의 핵심 인물들이 양쪽으로 기립해 있다.

철가면을 착용한 백의인이 태사의에 앉아 있는데 대전으로 들어선 신마는 인사는커녕 그쪽으로는 눈길도 주지 않고 무인들 끝자리로 건들건들 걸어가서 그냥 대기했다.

"흐으음."

정존의 무거운 숨결이 대전에 휘돌았다. 망월루가 쳐들어온 사안이 시급하지만 누구도 쉽게 입을 열지 못하는 모습이다.

신마가 들어온 이후에도 정존의 침묵이 계속되자 대전의

무인들이 신마를 힐끔힐끔 훔쳐봤다.

현재의 분위기에서 정존과 대등하게 대화할 수 있는 사람은 신마뿐인 것이다.

하지만 무인들의 기대와는 다르게 대전으로 들어온 신마는 시선을 이리저리 돌려댈 뿐 일절 입을 열지 않았다.

마침내 침묵의 대기를 견디다 못해 입을 여는 무인이 나왔다.

반맹 서열 십 위권에 속하는 삼제 중의 일인 야독제 당곽이었다.

"정존, 결정을 내려주십시오. 현 시각 망월루의 공격에 용문전 방어 일선과 이선이 뚫렸습니다. 이대로 손 놓고 있으면 와룡대 최후 방어선까지 뚫리게 될 것입니다.

야독제가 각오하고 입을 열자 대전의 무인들이 가슴에 담아둔 말을 쏟아냈다.

"맹주와 검선이 비룡문에서 충무검대의 진입을 극렬히 저지하고 있습니다. 이런 상황에서 우린 충무검대가 들어올 때까지 무작정 대기하고 있을 수만은 없습니다."

"용마총 안에 있기보다는 밖으로 나가는 것이 우리에게 훨씬 더 유리합니다. 강호에는 반맹의 조직원들이 왕성히 활동하고 있습니다. 강호로 나가서 싸우면 무림맹은 우리를 막을 수 없게 될 겁니다."

풍호문의 문주 구천엽과 용호방의 방주 악천생이 각각 자신의 의견을 피력했다.

두 사람은 강남 무림에서 구대문파의 수장과 거의 동격의 명성을 날리고 있다.

"흐음."

정존이 무인들을 차례로 주시했다. 정존의 눈빛이 심상치 않았다.

철가면 속의 눈동자에서는 마기 같은 흑기가 휘돌고 있었다.

"지금 내게 퇴각을 하자고 요구하는 것인가?"

정존의 반문은 핵심을 찔렀다. 조금 전 무인들은 퇴각을 의미하는 주장을 펼쳤다.

"기가 막히는군. 무림맹을 장악했거늘 고작 청부집단의 공격에 꼬리를 말고 도망을 가라니."

야독제가 말했다.

"정존께선 사안을 곡해하고 계십니다. 도망을 가자는 게 아니지 않습니까."

으드득.

태사의의 손잡이가 부서졌다.

정존의 심정을 단적으로 표현한 것.

야독제가 불편한 얼굴로 한 걸음 물러섰다.

반맹은 구세대 정파 무인을 아우른 정존과 신마교의 마존, 그리고 불존을 지지하는 구대문파 세력의 연합체이다.

　일인 총수가 모든 것을 결정하는 권력 구조가 아니거늘 지금 정존은 마치 절대 권력자라도 된 것처럼 반문조차 함부로 하지 못하게 강압적인 모습을 보이고 있다.

　정존이 말했다.

　"본좌는 아무리 생각해도 현 상황을 이해할 수 없다. 여자 하나 잡아오는 게 이렇게 어려운 일인가? 안가에서는 놓치고, 상여는 포착되고, 객잔에서는 빼앗기고, 이젠 용마총을 탈출해야 할 만큼 공격을 당하고… 누가 이 상황을 설명 좀 해봐? 대체 그년 주변에서 무슨 일이 벌어지고 있는 거야?"

　이추수 주변에서 벌어지는 일들을 이해 못하는 것은 대전의 무인들도 마찬가지였다. 혈마의 개입이 곳곳에서 확인되고 있지만 그것만으로는 이제까지 진행된 상황을 전부 설명할 수 없었다.

　좌중의 침묵 속에서 정존이 말을 이었다.

　"분명히 해두겠다. 용종을 남겨두고는 절대 여길 떠나지 않는다. 본좌의 승인 없이 용마총을 빠져나가는 놈은 차후에 항명의 죄로 처벌받게 될 것이다."

　정존이 현 사안에 대해 못을 박자, 대전의 무인들이 다시금 신마를 힐끔 쳐다봤다.

모든 놈이라고 그랬다.

정존은 지금 마존이란 존재를 안중에 두지 않는 모습을 보이고 있었다.

아니나 다를까, 신마가 드디어 침묵을 깨고 나왔다.

"듣고 있자니 가관이군. 내가 어디를 가든 그건 내 마음이지, 당신이 무슨 자격으로 나의 걸음을 막는다는 거요?"

정존이 눈에서 혹기를 일렁였다.

"무슨 뜻인가? 이제 와서 발을 빼겠다는 건가?"

"흥! 우리의 발을 빼도록 만든 사람이 누구인데 그딴 말을 해. 좋아, 하면 나도 이참에 분명히 말해두지. 신마교는 이 시각부터 반맹에서 탈퇴한다. 하니 앞으로는 우리를 두고 놈이니 뭐니 함부로 쌍소리를 하지 말라."

대전의 무인들이 웅성댔다. 망월루의 습격을 받고 있는 중이었다.

충무검대의 진입이 막힌 상황에서 신마교까지 등을 돌리면 용마총 상황은 정말로 심각해진다.

정존이 말했다.

"신마교 탈퇴의 이유가 본좌란 말. 똑바로 설명하라. 납득이 되지 않으면 그 말에 대한 책임을 져야 할 것이다."

정존의 압박에도 신마는 거침없이 말을 이었다.

"당신이 욕심을 부려 반맹의 십년대계를 망쳤어. 그까짓 용종이 뭐가 그렇게 대단해? 우린 실체가 불분명한 그런 것이 없어도 얼마든지 무림을 장악할 수 있었어."

"……"

"백번 양보해서 용종을 취하는 것은 당신이 줄곧 주장했던 일이니 이해해 준다고 쳐. 하지만 그것을 위해 당신이 직접 강호로 나가 혈관음들을 채음보양한 것은 정말 어처구니없는 짓이야. 그 사건 때문에 십 년 동안 숨겨왔던 우리 조직이 강호에 전부 드러났어."

"대업을 위해 벌인 일이다. 용종을 취하려면 용란의 소유자를 먼저 찾아야 하지 않겠는가."

"대업? 흥! 웃기지마. 용란을 찾는 것은 당신이 굳이 나서지 않아도 돼. 당신이 직접 혈관음들과 접촉한 이유는 우리를 믿지 않았기 때문이야. 다른 놈이 용종을 욕심낼까 두려웠거든. 어때 내 말이 틀렸어?"

"……"

정존이 반박하지 않는 대신 신마를 무섭게 노려봤다.

신마도 정면으로 정존을 쳐다봤다.

서로의 눈에서 불꽃이 튀긴다는 것은 이 경우에 해야 할 표현이다.

신마가 먼저 눈빛을 거두었다. 정존의 기세에 눌린 것은 아니다. 신마는 대전의 무인들을 돌아보며 독설을 내뱉고 있었다.

"명색이 무림의 명숙이란 자들이 미치광이 하나를 어쩌지 못해 쩔쩔대는 꼴이라곤! 충고하는데 모두 정신 차려. 우리는 종파를 떠나서 무림인이야. 무인은 칼로 사람을 죽이지, 채음보양 같은 추잡한 수법으로 자신의 생명을 연장하지 않아."

"갈!"

정존이 벌떡 일어섰다.

신마는 정존의 반응에 상관치 않고 말을 이었다.

"참 아까 전에 여자 하나 잡아오는 게 왜 이렇게 힘든가 물었지? 탈퇴 기념으로 내가 그 답을 알려주지."

"……."

"혈마가 개입했다고? 흥! 한심한 소리들 하고 있네. 혈마란 놈은 내가 누구보다 잘 알아. 놈은 자기 영역에 갇혀 살아가는 살인마이지 여자 하나를 구하고자 탈옥을 하고 상여를 뒤쫓고 용문객잔으로 뛰어들 놈이 절대 아냐."

정존이 눈빛을 번뜩였다.

"혈마가 아니면 대체 그놈은 누구인데?"

휙!

신마가 동전 하나를 꺼내 정존에게 던졌다.

동전을 손에 받은 정존이 눈살을 찌푸렸다. 이것으로는 진의를 알 수 없다.

"화룡대란에서 아비객의 한 냥 청부는 아직까지 강호에 회자되는 유명한 일화이지. 그때 누가 그 대상이었는지 잘 생각해 보라고. 핫핫핫!"

신마가 크게 웃으며 뒤돌아 대전을 걸어 나갔다.

정존이 날카롭게 소리쳤다.

"거기서! 내 말 아직 안 끝났어."

"일 없어."

"감히!"

정존이 태사의에서 뛰쳐나왔다.

신마도 빠르게 뒤돌아섰다.

콰앙!

기공과 기공이 충돌하며 드센 폭발을 일으켰다.

폭발의 파장이 가라앉았을 때 신마와 삼마종은 대전에 없었다.

정존 또한 어느새 태사의로 돌아가 있었다.

무인들은 갑작스러운 이 사태에 영문을 모른 얼굴로 정존을 쳐다봤다.

조금 전의 격돌로 정존의 철가면이 벗겨졌다.

철가면 속의 얼굴은 온통 화상이다.

"으으으."

정존이 화상 자국을 흉악하게 일그러뜨렸다.

"와룡대로 간다. 그곳에서 그놈이 죽든 내가 죽든 끝을 본다. 명심해라! 이 전투에서 뒤로 빠지는 놈은 본좌가 가장 먼저 죽인다는 것을!"

정존의 전신에서 흑기가 소용돌이처럼 일어났다.

대전의 무인들이 주춤주춤 물러났다.

정존의 광기 어린 모습.

무언가에 미쳐 버린 악의 종주를 보고 있는 심정이다.

＊　　　　＊　　　　＊

용문전 와룡대.

엎드려 있는 용의 동상, 와룡대는 용비전과 용문전 사이를 흐르는 적광로 용암의 단애(斷崖) 지대에 세워져 있다. 동상의 크기는 높이 칠 장, 길이 이십 장에 육박하는데 지난 화룡대란에서 이곳만큼은 아무런 피해를 입지 않아 웅장한 원형이 그대로 보존되어 있다.

그는 용종이 이곳 어딘가에 있으리라 여겼다.

용마총의 기존 건물이 대부분 파괴된 지금, 용종이 있을 곳은 화룡이 생을 마치는 장소로 택한 와룡대가 유일했다.

돌이켜 보면 와룡대는 화룡대란이 끝나가는 상황에서 그

의 운명을 뒤틀리게 만든 원인을 제공한 장소였다. 와룡대 안에 일반인 출입금지의 특별 구역이 있었는데 바로 그곳에서 만나서는 안 될 사람을 만나 버린 것이다.

와룡대에 다다르자 그의 추정은 확신으로 변했다. 무언가 지킬 것이 있음을 증명하듯 반맹의 무인이 용문의 최후 방어선을 이곳에 구축해 두고 있었다.

이제 용종을 찾는 것과 적의 포진을 뚫는 두 가지 사안이 남았다.

그는 난투를 먼저 준비했다. 적들은 와룡대 앞에 집중 배치되어 있었다.

일천 병력은 충분히 되어 보였고, 개인 무력도 이전의 무인들보다 훨씬 더 강해 보였다.

'상대가 누구이든 막으면 모두 죽여.'

그가 살심을 품고 난투에 나설 때였다.

후방에서 큰 함성이 들려온다 싶더니 망월루 무인들이 밀물처럼 몰려와 와룡대에 포진한 반맹의 무인들을 뒤덮쳤다.

그는 전투에 뛰어들기에 앞서 잠시 상황을 돌아봤다.

그의 예상보다 한참 더 빠르게 적의 방어선을 뚫어낸 망월루였다.

망월루의 전투력이 그만큼 강했다는 뜻인데 적진을 공략하는 망월루 무인 중에서 아홉 명의 죽립인이 단연 그의 시선을 끌었다.

그들은 이삼 장씩 획획 건너뛰며 검기를 자유롭게 날리고 장풍은 물론 강기까지 어렵지 않게 발휘하고 있었다.

'정체가 뭐지?'

망월구객에 대해 새삼 호기심이 일었다. 그들 모두가 절정의 무력을 소유하고 있었다.

반맹의 무인들은 아예 상대가 안 되었다.

비유하자면 구대문파의 장문인들을 한꺼번에 전장에 풀어놓은 것 같았다.

"한가하게 남의 무공을 감상할 처지가 아니지."

묵직한 음성이 등 뒤에서 들려왔다.

그는 고개를 뒤로 돌렸다.

육산이다.

육산 역시 그의 예상보다 더 강하다. 이렇게 가까이 접근하기까지 감지를 못했다.

"대단해, 육산. 저런 고수들이 망월루 소속이라면 진짜로 무림맹과도 맞싸울 수 있겠어."

"망월구객은 망월루 소속이 아니야. 말 그대로 상객, 망월루의 귀중한 손님이야."

"현역에서 활동하는 자들 같은데 어떻게 포섭한 거지?"

"돈이나 청탁으로 고용될 사람들이 아냐. 저들의 태반은 자의 반 타의 반으로 망월루를 찾아왔어. 수삼 년 전부터 무림의 분위기가 심상치 않았거든."

"왜?"

"무림맹주에 오른 송태원은 무림의 기득권 구도를 인정하지 않는 정책을 펼쳤어. 그래서 오가구파십문으로 알려진 무림 대문파와 평소에도 사이가 안 좋았어. 어떻게 보면 반맹 결성은 필연이야. 대문파의 강성 인사들이 맹주의 정책에 맞서고자 사적인 모임을 자주 가졌으니까."

무림의 기득권 구도를 인정하지 않는 정책.

송태원의 성품이라면 능히 그런 정책을 펼치고도 남는다.

잘못된 것은 아니다.

반맹의 결성은 시대의 흐름을 거부한 무림 기득권 세력의 욕심일 뿐이다.

"자, 여긴 우리에게 맡기고 넌 어서 네 할 일을 해. 용마총 밖에 충무검대가 있다는 점을 고려하면 상황은 유동적이야. 불존은 맹주나 검선이라고 해도 대적이 쉽지 않은 존재야."

육산이 이 정도로 말을 많이 한 적은 망월루 창설 이래 처음이다.

"알겠어. 하면 여긴 네게 맡기고 난 갈게."

그는 와룡대 정면으로 돌아섰다.

육산이 물었다.

"어디로 가려고?"

"저기!"

그가 가리킨 곳은 와룡대 동상의 하단 부근이다. 육중한 철문이 그곳에 있었다.

그는 칠채궁에 강뇌전을 걸고 철문을 조준했다. 그리고 조준하던 중에 문득 물었다.

"참, 망월구객이 누구인지 정말 안 가르쳐 줄 거야?"

육산은 고개를 저었다.

"아무리 너라고 해도 그건 안 돼. 신분 보호는 망월루의 생명이야."

"하! 녀석!"

그는 피식 웃으며 강뇌전을 쏘았다.

쾅!

철문이 박살 난다.

그는 화약 연기가 사라지기 전에 와룡대로 달려갔다.

용문결전 한 시진.

육산이 혈육 같은 전우에게도 망월구객의 신분을 알려주지 않았을 정도로 기밀을 유지했지만 무공이 발휘되는 전투 상황에서는 그 정체를 끝까지 숨길 수 없다.

무공이란 무인 그 자신의 또 다른 얼굴과 같기 때문이다.

망월구객의 정체를 가장 먼저 알아낸 이는 반맹의 핵심 인사로서 와룡대 북쪽 구역 방어를 책임진 아미파의 전대 장문인 화양선자 매화양이었다.

　매화양은 정존이 가장 신임하는 무림 인사 중에 한 명으로서 와룡대로 급파되었을 때만 해도 방어선 사수에 큰 자신감을 보였다.

　명색이 구대문파의 전대 장문인이었다. 매화양의 입장에서 보면 망월루는 청부집단에 불과했고, 그런 근본 없는 칼잡이들이라면 망월루주 육산을 제외한 어떤 무인도 자신의 십초지적이 될 수 없었다.

　그나마 부담되는 존재는 강호에 이런저런 설이 떠도는 망월구객인데 매화양은 그런 실체 없는 말을 가슴에 담아두기보다는 자신의 검공 실력을 믿었다.

　무림의 소문은 원래 과장이 심한 법이었다. 매화양의 실전 경험에 의하면 소문이 풍성한 인간들치고 제대로 된 실력을 갖춘 무인은 없었다.

　하지만 매화양의 그러한 자신감은 망월루 무인들이 와룡대로 몰려온 즉시 언제 그랬냐는 듯 깡그리 지워져 버렸다.

　현장 상황이 그만큼 충격적이었다.

　이 당시 매화양은 전투 상황을 지휘하고자 북쪽 구역이 훤히 내다보이는 와룡대 동상의 머리에 올라 있었다.

와룡대 북쪽 구역 방어 일선에는 반맹의 일반 무인이 일자전열을 구축했고, 이선에는 아미파 제자들이 검진을 형성해 지켰는데 전투 시작과 동시에 일선의 전열이 해일에 휩쓸린 갈대밭처럼 허무하게 무너졌다.

전투 상황을 처음부터 주시한 터라 매화양은 이유를 바로 알아냈다.

주원인은 집단이 아닌 개인의 무력 때문이었다.

망월구객으로 추정되는 아홉 명의 죽립인이 망월루 무인들의 선두에 서서 반맹의 전열을 단박에 뚫어냈다.

매화양이 직접 관장하는 와룡대 북쪽 구역도 이런 모습에선 예외가 아니었다.

三의 숫자를 흑의에 새긴 죽립인이 압도적인 검공을 발휘해 반맹의 무인들을 추풍낙엽으로 쓰러뜨리며 전진하고 있었다.

"하아!"

매화양은 급히 검을 빼 들고 동상에서 뛰어내렸다.

제자들이 이선에 포진해 있었다. 의문의 죽립인이 일선을 뚫어내고 계속 전진하고 있었으니 제자들과 곧 충돌할 것은 자명한 일이었다.

"아미파! 맞서지 마! 산개! 모두 피해!"

매화양은 달려가던 중에 제자들에게 경고의 음성을 거듭

전했다.

하지만 고함과 비명, 병장기 충돌음이 요란한 전투 현장이었다.

제자들은 매화양의 음성을 듣지 못하고 아미파의 봉명검진으로 그 죽립인과 정면으로 맞서고 있었다.

아미파의 봉명검진은 무당파 태청검진, 화산파 자하검진, 청성파 구궁검진, 점창파 천상검진과 함께 무림오대검진으로 불린다.

보통의 경우라면 봉명검진의 위력을 믿고 결과를 지켜보겠지만 현재는 매화양이 그렇게 여유를 부릴 상황이 전혀 아니었다.

봉명검진을 향해 전진하는 죽립인의 검세가 흐르는 물처럼 너무도 자연스러웠다.

전투 여파로 주변이 온통 혼잡하지만 죽립인의 검세에는 어떤 영향도 주지 못했다.

무서울 정도의 검심인데 상승검도를 깨우친 절정의 고수가 아니고서는 저런 모습을 보일 수 없었다.

죽립인과의 거리 십 장을 남겨 놓았을 시점이었다.

"아!"

매화양은 문득 비명 같은 신음성을 토했다.

최악의 상황이었다.

제자들이 봉명검진을 결집해 공격에 나서자 죽립인이 검병을 두 손으로 잡고 공중으로 붕 떠올랐다. 몸을 일자로 뻗은 직격 검로의 자세, 신검합일의 경지였고 검봉에서는 보랏빛 검광이 발산되고 있었다.

막아야 한다!

저대로 두면 제자들이 전멸한다!

"하아아아!"

매화양은 복호검법 최강의 검초 수미혜검을 발휘해서 허공으로 훌쩍 뛰어올랐다.

쾅!

봉명검진과 죽립인의 신검합일, 그리고 매화양의 수미혜검이 거의 동시에 충돌했다.

폭음이 쩌렁 울렸고 인체의 파편이 사방으로 비 오듯 튀겼다. 그러는 가운데 아미파 제자들이 와르르 바닥에 쓰러져 피를 토했다.

매화양도 무사하지 못했다.

매화양은 충돌 지점의 땅바닥에 머리부터 처박혀 선혈을 마구 게워냈다.

죽립인이 매화양의 눈앞으로 뚜벅뚜벅 걸어왔다.

매화양은 떨린 눈으로 고개를 들었다.

신검합일의 검공으로 봉명검진과 수미혜검을 격파한 존재.

이 사람이 누구인지 이제 알 것 같다.

매화양이 물었다.

"당, 당신이 왜 이곳에 있습니까?"

죽립인은 매화양의 물음에 답하지 않고 검을 허리 위로 눕혀 들었다.

"화양아, 실망이다. 전날의 죄가 씻기지도 않았건만 어찌 또다시 무림에 같은 죄를 범하느냐."

"의부의 일입니다. 나로서는 어쩔 수가 없었습니다."

"그건 변명이 되지 못한다. 너는 아미파의 장문인 신분. 마땅히 공사(公私)를 구분해서 행동해야 옳지 않았겠느냐."

"……."

매화양은 답변을 멈추고 마른침을 삼켰다. 생의 마지막 순간임을 직감할 수 있다.

대적의 의지는 생기지 않는다. 열 번을 싸워도 매화양은 이 사람을 상대로 이기지 못한다.

죽립인이 검을 대각으로 세워 들고 말했다.

"아미파의 명예를 생각해서 네가 용마총에 있었다는 것은 강호에 알리지 않겠다."

"고맙습니다."

매화양은 짧은 대답을 끝으로 고개를 숙였다.

펑!

매화양의 꺾인 목으로 죽립인이 검을 내려쳤다.

아미파의 전대 장문인 매화양의 죽음.

전날의 죄는 구인회의 일원으로서 동심맹주 매불립의 명을 따랐다는 것.

이번의 죄는 매화양이 함구하고 생을 마쳤기에 죽립인이 입을 열지 않는 한 강호가 알지 못한다.

용마총 상황에서 매화양이 유일하게 잘한 일이라면 반맹 거사 직전에 아미파 장문인 자리에서 스스로 물러나 사문의 명예를 그나마 지켰다는 것이다.

*   *   *

용문결전 한 시진, 와룡대 남쪽 방어선.

매화양이 무림 인생을 접던 그 시각 와룡대 남쪽 구역에서도 반맹의 실세 인사가 망월구객 중의 한 존재와 조우하고 있었다.

조우하는 이들은 황보세가의 가주 황보염과 五의 숫자를 흑의에 새긴 허리가 구부정한 죽립인이었다.

황보염은 화룡대란 당시, 군자성의 행보를 열성적으로 추종했었다.

군자성의 실체가 드러난 후에도 지지를 철회하지 않았을

정도인데 이 때문에 무림의 역사가 순탄하게 흘러갔으면 황보염은 일 순위로 강호인들의 처벌을 받아야 했다.

황보염이 기사회생의 수준을 넘어서서 역전의 삶을 살 수 있었던 것은 화룡대란 후에 바로 발발한 칠년전쟁 덕분이었다.

전쟁의 지상과제는 승리이다. 대륙을 뒤덮은 전란의 여파로 그의 죄가 유야무야되자 황보염은 이를 기회 삼아 정파 소속으로 참전해서 종전 후에는 오히려 공신으로 당당히 행세했다.

어떻게 보면 기회주의 인생의 전형인데 황보염은 그의 무림 인생을 비판하는 세간의 평가는 일절 무시했다. 목 잘린 일급 고수보다 살아 숨 쉬는 삼류 무인이 더 강하다. 이게 그의 무림 인생 지론이었다.

기회주의적인 그의 삶이 그렇듯 황보염은 용마총 상황에서도 여차하면 튈 준비를 하고 있었다.

반맹의 전력이 무림맹보다 약하다고 생각한 때문은 아니었다.

반맹은 송태원의 무림맹 지지 세력보다 두 배는 더 전력이 강했다.

단순히 승패를 놓고 도박을 한다면 황보염은 재산의 절반쯤은 촌각의 고민 없이 반맹에 걸 수 있었다.

문제는 반맹의 수장인 정존이었다. 정존의 상태가 최근에 심상치 않았다.

그가 알고 있던 과거의 정존 모습과는 성향이 완전히 달라졌다.

최근의 행보를 놓고 보자면 정존은 정파의 인물이 아닌 마교 집단의 포악무도한 교주 모습과 다를 바 없었다.

황보염의 인생 경험으로 미루어 독선적인 권력자는 항상 끝이 안 좋았다. 무적에 가까운 무공을 소유한 군자성도 결국 남의 말을 듣지 않는 그런 독선 때문에 비참한 최후를 맞이했다.

황보염은 그래서 내부 문제로 반맹의 상황이 더 나빠지기 전에 용마총을 빠져나가고자 했다.

물론 반맹이 승리할 것 같으면 그대로 용마총에 남아 있을 계획이다.

황보염이 탈출의 결단을 내리는 시점은 이선의 방어전열이 뚫릴 때다.

그리고 그 결단의 시점은 예상보다 훨씬 더 빨리 다가왔다.

이곳저곳 살펴보고 말고 할 게 없었다. 망월루가 와룡대로 몰려온 즉시 반맹의 방어전열 일선과 이선이 썩은 짚단처럼 허물어져 버렸다.

황보염은 그때부터 전장을 유심히 살펴보며 탈출로를 찾

왔다.

죽립을 착용한 흑의인들이 사방에서 날뛰고 있는 가운데 그나마 남동쪽의 공세가 많이 취약했다.

공격하는 죽립인은 서넛뿐이고 그중의 한 명은 말라비틀 어진 체형에 허리가 구부러진 모습으로 느릿느릿 움직이고 있었다.

"저기로 가자!"

황보염의 직속 수하는 일급 수준에 가까운 무공을 소유한 오십 명 정도였다.

용마총을 탈출한다고 미리 언질을 해두었기에 이들은 지시를 받자마자 일사분란하게 남동쪽 방면으로 달렸다.

탈출은 수월하게 진행되는 듯했다.

망월루의 무인 셋이 진로를 막고 칼을 휘두르긴 했지만 숫자에서 상대가 안 되고 또한 무상권사라고 불리는 황보염이 직접 앞으로 뛰쳐나가 권장을 휘둘렀기에 큰 어려움 없이 탈출로를 열었다.

탈출에 문제가 생긴 것은 애초에 위험 대상으로 여기지 않았던 대상, 허리가 구부러진 죽립인이 전방을 막아서면서였다.

"켈! 용을 잡으려고 용의 무덤에 들어왔더니 용은 없고 미꾸라지만 있구나."

죽립인이 말도 안 되는 헛소리를 지껄이며 지팡이 대용으로 사용하던 녹슨 장검을 세워 들었다.

허리가 구부러진 체형에 이어 목소리까지 들어보니 영락없는 일흔 살 노인이다.

망월루는 싸울 기력도 없는 노인까지 용병으로 투입했는가?

황보염은 가당찮은 심정으로 공격 지시를 내렸다.

"시급한 상황이다. 노인이라고 사정 봐주지 말고 목을 베라."

황보염의 지시를 받은 무인들이 즉각적으로 죽립인에게 달려들었다.

죽립인은 이에 맞서 허리를 구부린 상태에서 검을 가볍게 휘둘렀다.

"으읍."

죽립인에게 달려들었던 무인들이 와르르 물러났다. 이어서는 일률적으로 동공이 풀리는가 싶더니 만취한 사람처럼 몸을 가누지 못하고 바닥에 픽픽 쓰러졌다.

"검풍(劍風)?"

황보염은 정신이 번쩍 들었다.

생활고에 시달려 청부집단에 몸을 맡긴 노인이 아니었다. 아니, 노인은 맞겠지만 시답잖은 하수가 아니라 간단한 검초

로도 검풍을 일으키는 초고수였다.

"애들은 희생시키지 마라. 노부는 미꾸라지 인생 한 놈만 잡으면 된다."

죽립인이 중얼거리며 걸어왔다.

황보염은 죽립인이 일보일보 다가올 때마다 심장이 조여드는 것 같은 압박감을 받았다.

검압!

검기상인의 경지를 훨씬 넘어서는 상승검도의 발현이었다.

"노망이 들은 영감이다. 어서 죽여라!"

황보염은 수하들에게 공격의 명을 내린 다음 뒤도 돌아보지 않고 남동쪽으로 내달렸다.

삼십 장을 그렇게 달려가자 용암 계곡이 전방을 가로막았다.

망월루의 남동쪽 공격이 취약했던 이유는 바로 이러한 지형 때문인데 다행스럽다면 용암 위로 암석이 징검다리처럼 솟아올라 있어 경공으로 건너갈 수 있다는 것이었다.

황보염은 암석을 밟고 삼사 장씩 건너뛰어 용암 계곡 중간 지점에 올라섰다. 그런 다음, 뒤돌아 수하들이 있던 곳을 살펴봤다.

무조건 도주해야 한다는 판단이 옳았다.

그곳에는 죽립인 홀로 서 있었다.

오십 명의 수하를 반각도 안 되어 물리친 무력.

황보염에게는 그러한 능력이 없었다.

황보염은 자신의 기민한 판단력에 흡족해하며 죽립인에게 손을 들었다.

"뭐하는 노인인지 모르겠지만 당신 죽기 전에는 우리가 다시 만날 일이 없을 거야."

중얼거림이기에 노인이 알아들을 수가 없건만 이 순간 죽립의 노인도 황보염에게 손을 들어 흔들었다.

"하! 영감. 제법 해학이 있네."

황보염은 피식 웃으며 돌아섰다.

그때였다.

후우우웅!

무언가가 굉렬한 속도로 공간을 가르고 날아와 황보염의 목 언저리를 베고 지나갔다.

"응?"

황보염은 찜찜한 심정에 뒤돌아 죽립인을 다시 쳐다봤다.

죽립인은 이번에도 황보염을 향해 손을 흔들고 있었다. 인사가 아니었다.

죽립인의 손짓 방향을 따라 검이 공간을 이리저리 날아다니고 있었다.

삼십 장 공간을 날아온 검!

비검으로는 절대 가능하지 않은 거리이다.

"어, 어검이라니……."

황보염은 말을 끝까지 잇지 못하고 동작이 정지됐다. 그럴 수밖에 없었다.

이 순간 그의 목은 싹둑 잘려 용암 속으로 빠져들고 있었다.

기회주의 인생.

만만한 탈출로라고 여겼던 곳에 하필이면 그의 무림 인생에서 만난 최강의 검사가 있었다.

용문결전 한 시진, 와룡대 중앙 방어선.

승패가 사실상 결정 났다.

망월루가 몰려온 지 한 식경도 되지 않아 반맹의 와룡대 중앙 전열이 무너져 버렸다.

망월루는 북쪽의 망월삼호와 남쪽의 오호를 제외한 나머지 망월구객을 전부 이곳에 투입시켰다.

반맹의 일반무인들은 말할 것도 없고 무림에서 나름의 명성을 떨치던 반맹의 실세들도 이들의 공격을 도무지 막아낼 수가 없었다.

풍호문주 구천엽은 망월이호의 칼에 허리가 잘렸고, 용호

방주 악천생은 망월칠호의 파괴적인 권격에 가슴뼈가 으스러져서 죽었다.

이러한 결과는 망월루의 전력 파악에 심각한 착오가 있었기 때문이다.

용마총으로 침투한 망월루 병력은 이곳에 포진한 반맹의 무인들보다 애초부터 전투력이 더 앞섰다.

칠년전쟁에 참전했던 무인들로 구성된 이 병력은 충무검대가 용마총으로 몽땅 들어와 반맹과 합세한다고 해도 능히 대적할 수 있을 만큼 무력이 강했다.

반맹이 이들을 상대로 승리하려면 용마총 같은 막힌 장소가 아니라 강호로 나가서 세력전을 펼쳐야 했다.

하지만 반맹은 망월루 전력을 얕본 나머지 그렇게 하지 않았고, 결국 그런 판단 착오는 무림맹을 장악한 강호의 병력을 두고도 반맹이 패하는 결과를 불러오게 되었다.

승패가 기울어진 현재, 전장의 관심은 반맹의 총수를 언제 처단하느냐는 것과 함께 승전에 결정적인 역할을 한 망월구객의 정체에 쏠렸다.

망월구객 중에 구대문파의 장문인이 있다는 설이 강호에 떠돌았다.

이제 그것은 더는 설로 취급되지 않았다. 구대문파 장문인 정도의 고수가 아니고서는 망월구객 같은 무력을 발휘할 수가 없었다.

다소 미묘한 한 가지 사안이 있다면 망월구객도 서로의 정체에 대해서 모르고 있다는 점이었다. 이 때문에 와룡대 전장에서 서로가 조우했을 때 무림 고수들의 본능적인 날선 대립이 그들 사이에 생겨났다.

구천엽을 처단한 망월이호와 악천생을 죽인 망월칠호가 전장의 중앙 지대에서 만났을 때는 서로가 상대방을 노려보며 반각 동안이나 살벌하게 대치하기까지 했다.

아무튼 와룡대 상황은 빠르게 정리되어 나갔다.

눈치 빠른 반맹의 무인들은 현장에서 도주했고, 도주를 못한 이들은 무기를 버리고 자진 투항했다.

승리 확인까지 이제 반맹 총수 정존의 처단만 남았다고 할 수 있었다.

척척척척척!

용문전 방향에서 일단의 백의인이 출현했다.

한 자루 검을 소지한 백의인들.

숫자는 대략 칠십 명인데 무언가 예사롭지 않았다.

이들은 와룡대에 포진한 망월루 무인들을 보고도 아무런 표정 변화를 보이지 않고 걸어와서 일제히 검을 빼 들었다.

"사망검대! 공격! 용마총으로 들어온 모든 인간을 죽인다!"

어디선가 날선 음성이 들려왔다.

그 음성을 들은 백의인들은 기합이나 함성 같은 것을 일절 지르지 않고 곧장 전방의 망월루 포진으로 달려들었다.

감정이 상실된 것 같은 백의검사들.

이들의 정체는 망월구객 중에서 삼호가 가장 먼저 알아냈다.

"함부로 맞서지 말라! 사망탑의 자객들이로다!"

망월삼호는 경고의 음성과 함께 백의인들을 향해 마주 달려갔다.

달려가던 중에 삼호의 두 발이 허공에 떠오른다. 신검합일의 공검직격이다.

후아아아앙!

삼호의 대응에 뒤이어 망월루 포진의 남쪽 최후방에서 장검 한 자루가 공간을 맹렬히 가르며 백의인들을 향해 날아갔다.

비검술의 사정거리를 벗어난 검!

망월오호가 날린 어검이었다.

2장

와룡대

용문결전 한 시진 반, 와룡대 동상.

그는 동상 안으로 들어갈수록 곤혹스럽다.

그의 기억에 있던 장소와는 너무도 달라져 있다.

예전에는 사람이 기거했던 공간인데 지금은 주거 자체가 불가능할 정도로 환경이 피폐해져 있다.

실내의 안벽과 안벽 사이에는 거미줄 덩어리 같은 유백색 고름 줄기가 줄줄이 이어져 있고, 바닥에는 아교 같은 액체가 진득이 깔려 있다.

무엇보다 그를 긴장시키는 것은 동상 내부에 기묘하게 감도는 음향이다.

일정한 울림. 메아리처럼 울리는 파동.

비유하자면 귀를 꽉 막은 상태에서 자신의 호흡 소리를 듣고 있는 것 같다.

그는 이것의 실체를 용종이라고 여긴다. 용종이 어떻게 생긴 것인지는 모른다.

어떻게 파괴해야 하는지도 모른다. 유연설은 그에게 용종이 있다는 것만 알려주었지 그것을 어떻게 알아내고 파괴해야 하는지에 대해서는 알려주지 않았다.

'상관없어. 찾기만 하면 파괴할 수 있어.'

그는 각오를 다지며 안으로 깊이 들어간다.

용상의 뱃속 부근이다.

유백색 고름 줄기로 뭉쳐진 장막이 전방의 공간을 가로막고 있다.

장막의 중앙은 심장이 박동하듯 쿵쿵 떨리고 있다. 장막 너머에 있는 무언가가 그렇게 매순간 박동치고 있는 거다.

그가 다가서자 장막의 떨림이 더 강해진다. 고막이 윙윙 울리고 눈이 아플 정도로 시야가 어지럽다.

인력을 넘어서는 마력이 용종에 있는 것 같다. 그는 등사심결을 일으켜 이 기묘한 힘에 맞선다.

그러던 한순간 한줄기 음성이 머릿속으로 확 꽂혀 들어

온다.

—이놈! 네놈이 감히 여기가 어디라고 들어오느냐!

그는 화들짝 놀라 뒤로 물러선다.

꿈에서도 듣고 싶지 않은 음성.

화룡의 음성이다.

'아냐. 화룡은 죽었어. 이건 환청이야.'

그는 곧 현실을 인식한다.

하늘이 무너져도 화룡은 되살아날 수 없다. 화룡은 껍질도 남기지 않고 재로 변했다. 이건 그의 두려움이 만들어낸 환청이다.

그는 심기를 다지며 유백색 장막을 손으로 만져봤다.

탄성이 상당히 강하다. 손바닥으로 밀어 봐도 쭉쭉 늘어나기만 할 뿐 뚫리지가 않는다.

예전에 월광의 효력으로 흑면지주의 거미줄을 잘라 버린 기억이 있다. 그는 장막에서 대여섯 걸음 뒤로 물러나 월광을 날렸다.

퍽!

과연 효과가 있다.

유백색이었던 장막의 빛깔이 거무스름하게 변했다.

이번엔 칠채궁을 들어 화약이 걸린 강뇌전을 장전해 장막의 중앙에 쏘았다.

쾅!

폭음과 함께 장막이 산산이 찢어졌다.

너덜너덜해진 장막을 헤치고 그가 안으로 들어갔을 때다.

"오! 이런!"

그는 심장이 멎을 것 같은 심정으로 걸음을 멈추었다.

거북의 등껍질 같은 외피로 둘러싸인 거대한 알이 눈앞에 있다.

외양이 기괴하긴 하지만 알의 모습은 놀랍지 않다. 유연설에게서 부화라는 말을 들었을 때부터 어쩌면 용종이 이러한 알을 의미하는 것일지도 모른다고 생각했다.

그가 놀란 것은 용종의 껍질에 달라붙어 있는 인간, 피골이 상접한 인간 때문이었다.

기억하기로 이 사람은 이곳에 있으면 절대 안 되는 존재였다.

"크핫핫! 아비객! 본좌의 눈앞에 네놈이 나타나다니 하늘이 나의 소원을 들어주었구나!"

놀람은 이제 경악으로 변한다. 용종에 박힌 상태에서도 이자가 아직 죽지 않았다. 게다가 세월이 한참 흘렀고, 또 죽립으로 얼굴을 가린 상태임에도 그를 단번에 알아보는 말을 전했다.

그는 불신에 젖은 얼굴로 말했다.

"아냐! 이건 거짓이야. 당신은 죽었어. 내가 직접 당신의 심장에 구멍을 뚫어 용암 속에 빠뜨렸단 말이야."

"어리석은 놈. 기억이 곧 진실을 의미하진 않는다. 인간의 기억은 언제든 조작될 수 있는 법이다."

조작된 기억.

과연 그런가. 그의 뇌리엔 아직도 그때의 장면이 생생하다.

둘은 용암이 흐르는 단애의 끝에서 운명적으로 대치했다. 죽이는 자는 비정했고 죽는 자는 비장했다. 그런 상황에서 어떻게 조작된 연출을 할 수 있단 말인가.

'하나, 현실을 외면할 수 없어. 조순은 죽은 것이 아니라 지금 내 눈앞에 있어.'

기억보다는 현실의 장면이 우선이다.

따지고 보면 그 역시도 무림의 기록에서는 죽은 존재다.

그는 눈앞의 인간, 조순을 노려봤다.

조순의 생존을 인정해 주겠지만 그전에 먼저 의문의 해소가 있어야 한다.

"나를 어떻게 알아볼 수 있었지?"

그의 물음에 조순이 눈빛을 번쩍였다.

"본좌는 인간 세계를 초월해 있다. 그런 내가 어찌 내 철천지원수를 못 알아보리오."

개소리를 들어줄 만큼 한가한 상황이 아니다.

그는 자모총통을 꺼내 조순의 이마에 총신을 붙였다.

"닥치고 물음에나 답해! 헛소리를 또 나불대면 이번엔 두 번 다시 되살지 못하도록 확실히 대가릴 뚫어버리겠어!"

위협이 통했던 걸까.

조순이 그만 울상으로 변했다.

"묻는 말에 다 대답할 테니 제발 그러지 마라. 너는 용종에 기생해서 살아가는 내 신세가 불쌍하지도 않으냐."

의문스러운 조순의 반응이다. 그가 기억하는 조순은 매사에 냉철하고 권위적이며 자신감에 넘쳤다.

환경이 열악하다고 해서, 또는 생명의 위협을 받는다고 해서 이렇게 굴욕적으로 애원의 모습을 보일 인물이 아니다.

"그러니까 사실대로 말해. 무슨 능력으로 나를 알아본 거야?"

"실은 나도 잘 모른다. 그냥 너를 쳐다보니까 화염지옥의 세상에서 우리가 징그럽게 싸웠던 그때의 기억이 저절로 떠오른다."

조순의 정신이 오락가락하고 있다. 화염지옥의 꿈속 세상에서 그가 싸웠던 존재는 눈앞의 조순이 아니라 화룡이다.

'용종에 정신까지 잠식된 거야. 그래서 화룡과 자신의 삶을 혼동하고 있어.'

이제 조금은 이해가 된다. 조순은 현재 사람의 모습이 아니다.

용종에 골육이 완전히 밀착되어 인체의 경계를 나눌 수 없다.

그런 상태에서 그를 무조건 알아보았다면 그건 화룡의 능력이다.

화룡의 기억이 용종에 어떻게 심어졌느냐는 논외의 사안이다. 의문을 일일이 따지다 보면 와룡대로 들어온 그의 목적이 먼 산으로 가버린다.

"왜 이런 꼴이 되었지?"

그의 이번 물음. 조순의 음성이 갑자기 거칠어졌다.

"매불럽! 그놈이 나를 이렇게 만들었다. 괘씸한 놈! 지놈의 인생에 내가 그토록 큰 도움을 주었거늘 은혜도 모르고 감히 나를 배신하다니! 내 당장 그놈을 찾아내어 사지를 찢어버리겠다!"

웃다가 울고, 그러다가 또 화를 표출하는 조순이다. 정신이 상자를 상대하는 기분이지만 이런 과정에서도 점차 사실은 확인되고 있다.

"매불럽이 정존이자 혈지주인가?"

"혈지주? 정존은 맞는데 혈지주란 놈은 또 누구이지?"

혈지주를 모르고 있다. 혈지주 사건 훨씬 이전에 조순이 이런 모습이 되었다는 거다.

"얼마나 오래 이곳에 있었지?"

"멍청한 놈, 내 꼴을 봐라. 내가 무슨 재주로 시간의 흐름을 알겠느냐?"

"하!"

그는 실소를 흘려냈다.

조순의 말처럼 이런 상태에서는 시간의 흐름을 알 수가 없다.

벽면에 빗금을 새겨 날짜를 기록하긴 했지만 그도 아귀굴에서 생활할 때 세월의 흐름을 잊고 살았다. 조순은 현재 그렇게 기록을 할 수 있는 처지도 아니다.

조순이 말했다.

"계산은 네놈이 해라. 무림맹이 결성된 다음 해에 이렇게 됐다. 난 대체 얼마 동안 이곳에 있었던 거냐?"

올해는 태화 팔 년이다.

조순의 말대로라면 거의 팔 년 동안이나 용종에 붙어 있었다는 건데 이건 정말 지옥이 아닐 수 없다. 용종에 기생한 조순의 삶에 비교하면 아귀굴에서 십오 년간 구속됐던 그의 삶은 고생도 아니다.

이 끔찍한 인생에게 뭘 더 꼬치꼬치 물어볼까.

그는 질의 과정을 빨리 끝내고자 사안의 핵심을 간추려 물었다.

"용종 때문에 매불립이 반맹을 조직하고 용문을 부활시킨 건가?"

"카핫! 그 멍청이가 어떻게 이 모든 일을 계획하겠느냐. 반맹을 조직한 것도 본좌이고 용종을 찾아 용문을 부활시킨 것도 바로 나이다. 매불립 그놈은 본좌가 키운 강아지였을 뿐이다!"

제정신이 아니지만 조순의 방금 주장은 진짜일 가능성이 높다.

매불립은 권력을 휘두르는 우두머리이지 모사꾼이 아니다. 반맹을 조직하고 용문을 부활시킬 사람으로는 조순이 적격이다.

조순은 아마도 그 모든 일이 거의 완성한 시점에서 매불립에게 배신을 당했을 것이다.

조순의 주장대로 풀이하자면 키우던 강아지에게 오히려 잡아먹힌 꼴이다.

그는 다음 질문을 이었다.

"매불립은 용종을 취하지 못하면 피가 말라 죽는다고 하던데 왜 그렇지?"

"그건 군자성 때문이다."

"군자성이 왜?"

"군자성이 그놈에게 악인권을 전수해 줄 때 심법의 구결 일부를 틀리게 가르쳐 주었다. 그 때문에 놈은 소악권만 성취하고 대악권은 완성하지 못했다. 악인권은 대악권까지 성취하지 못하면 피가 말라 죽게 된다. 놈이 채음보양의 수법으로 근근이 버텼지만 그것만으로 생명을 연장하기에는 한계가 있다."

"하면 용종을 취하면?"

"그땐 용체로 환골탈태되어 대악권은 물론이요, 악인권의 최고 경지, 태악권(太惡拳)까지 완성하게 된다. 태악권은 인간의 무공이 아닌 마신의 무력이다. 군자성도 태악권까지는 성취하지 못했다."

그는 태악권에 관한 조순의 주장에 동의했다.

군자성은 대악권만으로도 거의 무적을 구가했다. 만약 매불립이 태악권을 완성하면 그땐 정상적인 무공 수법으로는 대적할 방법이 없다고 할 수 있다.

"매불립이 용종을 어떻게 흡기한다는 거지? 용종과 반응하는 것은 용란밖에 없잖아?"

"악인권에는 인체의 생기를 흡기하는 악인수라기공이 있다. 용종 안에 악인권을 익힌 생명체를 넣어두고 용종과 일체화시킨 다음 용란을 통해 분출되는 용의 태기를 흡기하면 된다. 크핫핫! 그 방법도 바로 본좌가 매불림에게 가르쳐 주었다!"

천하를 쥐락펴락하던 조순이 자기 손으로 만든 덫에 스스로 빠졌다.

내심 어이가 없지만 그는 다음 질의가 중요해서 별다른 감정 표현을 하지 않았다.

"그리되면 용란은 어떻게 되지? 죽는가?"

"당연하지. 순혈과 순음이 몽땅 빨리는데 어떻게 살 수가 있느냐. 용란은 매불림에게 채음보양되지 않아도 어차피 죽게 된다. 용종은 모체가 되는 용란의 희생으로 부화됨이다."

질문은 여기까지다.

'어차피 죽는다' 란 말. 그에게 이보다 더 확실히 동기부여가 되는 말은 없다.

그는 자모총통을 조순의 이마에 다시 붙였다.

조순이 놀란 얼굴로 다급히 말했다.

"왜 이러느냐? 약속과 다르지 않느냐?"

"천만에, 난 약속한 적 없어. 그리고 약속했다고 해도 너란 놈에게는 안 지켜. 너부터 나와의 청부 약속을 안 지켰거든."

푸앙!

말에 이어 총환이 바로 발사됐다.

조순의 이마에 구멍이 뚫리긴 했지만 용종은 아직 원형을 유지하고 있다.

그 역시 총환 한 발로 용종이 파괴되리라 생각하지 않았다.

그는 초일광을 일으켜 용종의 중심에 꽂았다. 그런 다음 그 상태에서 총환을 쏘듯 용종 내부로 연속해서 초일광을 날렸다.

우웅! 우웅! 우웅! 우웅! 우웅!

다섯 번의 초일광이다.

초일광이 내부에 꽂힐 때마다 용종은 생명체가 비명을 지르듯 드세게 진동했다.

이윽고 용종의 색깔이 거무스름하게 변했다.

생기가 죽은 모습.

그는 뒤로 물러나 칠채궁에 화약이 장전된 강뇌전 세 발을 걸어 한꺼번에 쏘았다.

콰아아앙!

용종이 폭발했다. 실내 공간이 와르르 뒤흔들렸고, 그는 폭발의 반동에 삼 장 뒤편으로 나동그라졌다.

'용종은?'

용종의 상태 확인이 무엇보다 우선이다.

"젠장!"

그는 쓴 음성을 토하며 벌떡 일어났다.

용종은 파괴되지 않았다. 조금 전의 폭발은 용종 주변의 공간이 터진 것에 불과했다.

게다가 이마에 구멍이 뚫렸던 조순도 이젠 원래 모습으로 복원됐다.

조순이 키득댔다.

"카핫! 맞다. 잠시 잊고 있었다. 부화 직전의 용종은 인간의 힘으로는 파괴되지 않는다. 나는 용종과 일체화되었으니 너는 나를 죽일 수 없다!"

막막한 상황이다. 초일광으로 파괴가 안 된다면 그의 다른 무력으로도 소용이 없다.

망월루의 도움을 받아 화약으로 폭파시키는 수단이 있는데 솔직히 그것도 파괴를 자신할 수 없다. 그렇다면 남은 수단은 하나뿐이다.

'용암! 적광로에 빠뜨려야 해.'

그가 용종을 용암으로 옮길 수단을 강구할 때다.

"어리석은 생각! 용암의 열기는 용종의 부화를 오히려 가속화 시킬 뿐이다."

그의 내심을 알아낸 듯 조순이 놀려댔다.

용암도 안 통한다?

믿을 수도 그렇다고 안 믿을 수도 없는 주장이다.

"방법은 있다. 나와 거래를 하자. 내 청을 들어주면 용종을 파괴할 방법을 알려주겠다. 하겠느냐?"

그로서는 눈이 번쩍 뜨이는 말이긴 한데 한편으로 찜찜한 구석도 있다.

조순과의 거래.

조순은 예전에도 약속을 지키지 않았다.

"날 구해달란 말은 하지 않을 테니 걱정 마라. 내 꼴을 봐라. 내가 다시 인간으로 살아갈 길은 영원히 없다."

"하면 내게 무엇을 요구하겠다는 거지?"

조순이 말을 멈추고 그를 진지하게 쳐다봤다. 예전 냉철했던 조순의 표정이 잠깐 비친다.

"전서!"

"전서?"

"그래, 전서. 너에게 전서구를 보냈던 여인. 그 여자를 나에게 넘겨주면 된다."

"……."

그는 조순이 되살아난 상황이 이제야 이해가 되었다. 이추수가 보낸 전서 한 장이 어디론가 사라졌는데 그것을 가로챈 이가 바로 조순이었다. 조순은 전서의 내용을 보았기에 자신의 죽음을 미리 알고 용암에 빠지는 장면을 연출해 냈던 것이다.

"나를 속일 생각은 하지 마라. 그 여자가 네게 보낸 전서에는 용마총에서 죽을 놈과 살 놈, 그리고 차후에 벌어질 무림 전쟁까지 상세히 기록되어 있었다. 처음엔 그 내용을 믿지 않았지만 무림의 역사는 그 후에 전서의 내용 그대로 진행되더군. 그래서 신마를 설득해 송태원 같은 머저리에게 요마를 시집보냈다. 따지고 보면 반맹 결성도 죽을 놈과 살 놈을 가린 그 전서의 정보 덕분이다."

"으음."

그는 쓰린 숨결을 흘려냈다.

우려했듯 과거의 작은 사건이 미래의 시대에 심각한 영향을 끼쳤다.

유출된 전서가 아니었다면 오늘날의 혼란 상황은 발생하지 않았을 것이다.

이번엔 그가 먼저 물었다.

"그래서? 전서의 여인을 만난다면 뭘 어찌하려고?"

"부탁, 아니, 애원을 할 생각이다. 제발 내게도 한 번만 기회를 달라고."

"기회?"

"그래. 지금의 내 꼴을 봐라. 이게 어떻게 천기당주의 모습이냐. 난 바꿀 수만 있다면 내 인생을 되돌리고 싶다. 너에게 청성당 청부를 맡기지 않았다면, 매불림과 거래하지 않았다면, 아니, 최소한 그 빌어먹을 전서를 가로채지 않았다면 지금처럼 용종에 달라붙은 벌레 인생은 되지 않았을 거다."

"그게 가능한 일이라고 생각해?"

"흥! 너는 되고 나는 왜 안 된다는 말이냐."

그는 대화를 중단했다.

느낌으로 조순이 시공결에 대해 무언가를 알고 있는 것 같았다.

"왜 대답을 하지 않지? 거래하기 싫다는 뜻이냐?"

용종의 힘으로 시공결에 대해 알아낸 것일까?

그도 아니면 단순히 과거로 보낼 전서를 요구하는 것일까?

그는 조순이 스스로 입을 열도록 하기 위해 일단 거래를 성사시켰다.

"나와 거래를 하려면 용종을 파괴하는 방법과 용란의 여인을 살릴 방법을 내게 먼저 말해줘야 한다."

조순이 그의 눈치를 은근히 살피며 되물었다.

"거래는 각자 한 가지씩이다. 둘 중 하나만 요구해라."

"후자. 용란의 여인을 살릴 방법."

조순의 눈동자에서 이채가 번뜩였다.

"이상하군. 넌 아까부터 왜 그렇게 용란에 집착하지? 왜지? 너에겐 용종보다 용란이 더 소중해?"

"……."

"흐흐흐, 그래. 용란에 집착한 이유. 이제 알겠어. 용란! 그

년이 바로 전서를 보낸 여자였어!"

"아!"

그는 가슴이 철렁했다.

정신이 아무리 오락가락한다고 해도 상대가 조순이었다. 조순의 유도신문에 이추수의 정체가 드러나고 말았다.

조순이 소리쳤다.

"크핫핫! 거래는 없던 것으로 하겠다. 이제부터는 본좌 스스로 해결할 것이다."

후우웅!

용종이 갑자기 뜨거워지기 시작했다.

"나는 용란을 느낄 수 있다. 그년은 이미 한참 전에 용마총에 들어왔다. 용종은 용란을 부른다! 용종이 용란을 부른다! 크핫핫핫!"

조순의 광소에 용종이 허공으로 둥실 떠올랐다. 그리고 핏물보다 더 붉은 화염광(火焰光)을 용종에서 발산시켰다.

모든 것을 태우는 화염광.

이 괴물 같은 열기를 접해본 적이 있다.

'태화기! 지금 피해야 해!'

그는 뒤로 와락 물러났다. 그가 서 있었던 바닥이 순식간에 녹아들었다.

이게 끝이 아니다. 화염광의 열기가 그를 향해 엄청나게 빠른 속도로 몰려왔다.

'망량!'

팟!

망량이 발휘됐다.

망량의 시공간 속에서 그는 조순을 쳐다봤다.

조순이 입을 느릿느릿 벌리고 있었다.

늘어진 음성이지만, 조합을 하면 이런 말이었다.

─용종을 파괴시킬 방법이 있긴 하지만 그것은 없는 것이
나 마찬가지이다. 화룡과 상극인 청룡의 내단으로 만든 화살
이 있어야 하는데 그것은 중원의 땅에서는 존재하지 않는 물
건이다. 하니 너는 절대로 용란을 구해낼 수 없다. 절대
로……

조순의 말.

그의 뇌리 속으로 전율이 확 꽂혀든다.

'아! 헤수스!'

이추수가 보낸 마지막 전서.

선제불사형!

용암 단애로 헤수스를 쏴!

그 전서의 뒤편에 적혀 있던 의문의 전언이 이제야 풀이가 된다.

콰— 콰아앙!

그가 헤수스를 떠올리던 그때, 와룡대가 통째로 폭발했다.

와룡대 동상이 일거에 산산조각 나버리는 위력이다.

3장

마지막 전서

와룡대 폭발 한 식경 전.

신마와 금마종은 와룡대 동쪽 끝의 단애에 서서 현장 상황
을 돌아보고 있었다.

신마교의 무인들은 현재 용마총을 모두 빠져나간 상태. 그
들이 아직 이곳에 남아 있는 이유는 용종이 숨겨져 있는 와룡
대 동상을 폭파시키기 위해서였다.

용마총 상황에 관심을 끊은 것은 맞지만, 그렇다고 용종을
그냥 내버려 두고 떠나기에는 신마교의 훗날 행보에 용종이
너무 큰 위험 요소가 되었다. 만에 하나 정존이 용종의 태기

를 습득하게 된다면 그땐 신마의 능력으로도 정존의 무력을 막아낼 수 없었다.

그래서 신마는 '내가 못 먹으면 남도 먹지 못한다!' 라는 생각으로 용마총을 떠나기 전, 와룡대를 잿더미로 만들려는 폭파 작전을 세웠다.

현장 상황이 몹시 위험하기에 이 폭파 작전은 환마종과 화마종으로 하여금 직접 나서게 했다.

화마종의 백보파경탄은 천하에서 폭발의 위력이 가장 강한 화탄이다.

한 발만 폭발해도 와룡대 동상을 날려 버리는데 이 백보파경탄을 무려 열 발이나 와룡대 동상에 매설했다. 화탄 폭발은 환마종이 직접 점화시킬 계획이다. 백보파경탄을 폭발시키고 현장에서 무사히 탈출할 무인은 신마교에서 환마종밖에 없다.

화마종과 환마종의 폭탄 매설 작업은 아직 끝나지 않았다.

그들의 복귀를 기다리는 동안 금마종이 현장의 전투 상황을 돌아보며 현 심정을 표현했다.

"퇴각을 결정한 주군의 판단이 옳았습니다. 저곳에 남아 있었으면 우리 병력도 크게 피해를 입었을 겁니다."

큰 피해를 입게 된다는 말.

솔직한 표현법은 아니다. 정확하게 말하려면 전멸이라는

용어를 사용해야 한다.

그만큼 현장의 전투 상황은 망월루가 압도적으로 우세를 보이고 있다.

"주군께선 망월구객의 정체를 알고 계셨습니까?"

금마종은 전투 현장에서 발군의 무력을 떨치는 아홉 명의 죽립인을 주시하며 물었다.

현장 상황을 살피는 고수의 눈은 대동소이하다. 금마종 역시 현 상황에서 가장 핵심적인 무인들이 누구인지 알고 있다.

신마가 말했다.

"중정부는 강호의 정보를 총체적으로 다루는 곳이다. 내가 그곳의 수장이었거늘 망월구객의 정체에 대해 어찌 모를 수 있었겠느냐."

"하! 과연!"

"침몰하는 배에 승선하는 것만큼 어리석은 일은 없다. 아비객에 이어 망월구객까지 용마총에 투입된 이상, 정존의 운명은 이제 끝이다. 그놈이 제아무리 발버둥을 쳐도 현 상황을 되돌리진 못해."

금마종이 무언가를 잠깐 생각하고 다시 물었다.

"하면 오늘 이후로 반맹이 궤멸된다는 겁니까? 용마총 밖에는 불존의 세력이 아직 남아 있지 않습니까?"

"그건 아니지. 반맹은 정존의 영도력 때문이 아닌 송태원의 잘못된 무림 정책 때문에 결성된 조직체야. 송태원 같은 머저리가 맹주로 남아 있는 한 반맹은 앞으로도 계속 무림에 남아 있을 거야. 그리고…….”

신마가 금마종을 돌아보며 묘한 미소를 머금었다.

“불존 장천사는 정존 같은 광기 어린 집착만 남은 흘러간 무인이 아냐. 반맹을 움직이는 실세 권력자는 바로 그자야. 불존이 구파 무인들을 지휘하지 않았다면 반맹의 조직은 이미 오래전에 자체적으로 붕괴되었을 거야. 반맹의 진짜 총수가 누구인지 모르는 놈은 정존 같은 멍청이들뿐이지.”

신마의 의미심장한 말이 끝나갈 때였다. 와룡대 전투 현장을 뚫고 화마종이 동쪽 단애로 달려왔다. 환마종의 모습은 아직 보이지 않았다. 화마종이 대기 현장에 당도하자 신마가 물었다.

“매설 작업은 잘 끝났느냐?”

“네, 주군. 와룡대 동상은 잠시 후에 흔적도 없이 폭파될 겁니다.”

“수고했다. 참, 초휘는?”

화마종이 와룡대 동상을 힐끗 돌아보곤 말했다.

“매설 작업 중에 아비객이 나타나 동상 안으로 들어갔습니다. 그래서 환마종이 아비객의 의도가 무엇인지 알아보고자 아직 현장에 남아 있습니다.”

"흐음."

신마가 눈살을 찌푸렸다.

어차피 폭파가 목적이다. 아비객의 의도가 무엇인지 알아볼 필요 없이 그냥 와룡대를 폭파시키고 나오는 것이 최선이다.

"어떻게 할까요? 환마종을 지금 불러들일까요?"

신마는 와룡대 주변을 잠깐 살펴보곤 고개를 저었다.

"그냥 초휘에게 맡겨둬라. 이제 다시 현장에 들어가면 빠져나오지 못한다."

신마의 판단이 옳다. 현장 상황은 극단으로 치닫고 있다. 폭파가 임박한 가운데 망월구객과 정존이 정면으로 충돌하고 있다.

그런 위급한 상황에서는 환마종 같은 극쾌의 경공술이 없다면 탈출을 장담하지 못한다.

환마종의 복귀를 기다리는 동안 금마종과 화마종은 현장의 상황을 초미의 심정으로 주시했다.

신마는 이때 전투 상황이 아닌 다른 곳으로 눈길을 돌렸다.

와룡대 동상 옆의 단애.

그곳에 이십대 여인이 주저앉아 단애 아래를 내려다보며 통곡하듯 울음을 터뜨리고 있었다.

즙포왕의 제자인 이추수처럼 보이기도 하는데 여인의 모

습을 계속 지켜보고 있자니 도무지 정상적인 모습이 아니었다.

여인은 주변의 전투 상황을 나 몰라라 하고 상의 조각을 바닥에 펼쳐놓고 무언가를 적고 있었다.

저년은 대체 뭐지? 뭘 하고 있는 거지?

신마가 찜찜한 심정으로 화마종과 금마종을 돌아볼 때였다.

콰르르릉!

와룡대가 통째로 진동했다. 화탄 폭발은 아니다.

백보파경탄이 점화되었다면 진동 없이 바로 와룡대가 폭발된다.

다만 분명한 것은 이 진동이 화탄 폭발의 발화점이 된다는 것.

드센 진동 다음으로 화염 빛살이 와룡대에서 폭출되어 나왔다. 그리고 그것에 이어서 고막을 꽉 막아버리는 거대한 폭발음이 들려왔다.

꽝!

불꽃이 하늘로 치솟았다.

와룡대가 산산조각 났다. 폭발의 중심에서 화염 빛살이 온 사방으로 쏟아졌다. 백보파경탄의 폭발력과 화염광 발출이 합쳐진 위력이다.

후아아아아앙!

화염광을 뚫고 누군가가 일직선으로 동쪽 단애로 달려왔다.

환마종 초휘였다.

초휘가 달려오던 중에 소리쳤다.

"눈을 돌리세요! 이건 태화기예요!"

초휘의 말에 신마가 등을 와락 돌렸다. 화마종과 금마종도 고개를 돌렸다.

그 순간 초휘가 그들의 눈앞을 총알 같은 속도로 지나갔다.

신마도 곧 초휘를 뒤따라 달렸다. 화마종과 금마종이 신마를 뒤따라가며 물었다.

"이대로 용마총을 떠나시는 겁니까?"

"용종이 파괴되었는지 확인해야 하지 않을까요?"

신마는 고개를 저었다.

"아니. 그럴 필요 없다. 우리가 할 수 있는 일은 여기까지다. 나머지 일은 야랑이 처리할 것이다!"

금마종이 물었다.

"어디로 가죠?"

신마는 전방으로 곧장 달려가며 말했다.

"고향! 우리의 집! 신강으로 돌아간다!"

           *   *   *

와룡대 폭발 일각 전.

콰아아아! 콰앙!

삼 호의 신검합일과 오 호의 어검이 거의 동시에 사망검대를 공격했다. 어검은 사망검대의 중심부를 사정없이 갈랐고, 신검합일은 사망검대의 전위를 폭격하듯 그대로 강타했다.

어검에 잘린 사망검대원은 다섯 명, 신검합일에 혈편이 된 무인은 여섯 명이다.

결과만 놓고 보면 어떤 것이 더 위력적인지 우위를 가를 수가 없다.

무림 검가에서는 어검을 신검합일보다 더 상위의 경지로 둔다.

하지만 조금 전 삼 호의 신검합일을 두고서는 일반적인 검가의 논리를 적용할 수 없다.

삼 호의 검은 자색의 광채에 휘감겨 있었다.

검봉에서는 자광을 폭죽처럼 번쩍이며 강한 기력을 발출했다.

빛으로 발출되는 검의 기파. 이건 검기가 아닌 상승검도의 극한 경지, 검강의 발휘였다.

검강으로 날아가는 신검합일이라면 어검의 경지에 조금도

못하지 않았다.

천하의 무림 검가를 통틀어 이러한 검공을 발휘하는 검사는 다섯 명도 채 되지 않을 터이다.

"지금이다! 놈들을 모두 죽여!"

삼 호와 오 호의 검공에 사망검대의 전열이 흐트러지자 육산이 총공격을 명했다.

망월루 무인들뿐만이 아닌 망월구객의 나머지 존재들도 전원 이 돌격전에 나섰다.

"하아!"

망월칠호가 달려가던 중에 장력을 날렸다.

벼락 치는 소리와 함께 전방의 사망검대원들이 집단적으로 나동그라졌다.

파파파팟!

칠 호의 장력을 뒤따라 망월이호의 칼이 대지를 일직선으로 쭉 갈랐다.

사망검대원들의 신체가 종이처럼 쭉쭉 찢어진다. 이것 역시 도기의 수준을 넘어서는 도강의 경지이다.

정면 승부로는 도무지 대적이 안 된다.

사망검대가 뒤로 물러나 공격포진을 방어전열로 바꾸었다. 현장에 투입되면 돌격밖에 모르던 사망검대이다. 사망검대 창설 이래 공격 한번 제대로 하지 못하고 방어에 급급하기는 이번이 처음이다.

사실 워낙에 강한 상대를 만나서 그렇지 사망검대도 만만히 봐선 안 될 무력을 소유하고 있다.

양정의 능광검을 오랫동안 수련한 무인들이다. 망월루가 아닌 다른 무림 단체와 일전을 치렀다면 아마도 진행 상황은 반대가 되었을 것이다.

"씹어 먹을 놈들! 네놈들이 감히 나의 검을 막을 수 있을 것 같으냐!"

사망검대가 일방적으로 몰리자 반맹의 총수 정존이 마침내 검을 휘두르며 전위로 나왔다.

휘우우! 퍽! 휘우우! 퍽!

정존이 검을 휘두를 때마다 괴이하다 싶은 흑기가 뭉클뭉클 댔다.

위력은 둘째치고 그 결과가 너무나 끔찍스러웠다. 이 흑기에 타격된 망월루의 무인들은 예외 없이 가루가 되어 부서져 나갔다.

"모두 물러나라! 악인권이 악인검으로 대체되었도다!"

망월삼호가 경고의 음성을 토하며 정존에게 달려갔다.

정존도 물러섬 없이 삼 호와 정면으로 맞섰다.

검과 검이 맞부딪쳤다. 요란한 충돌음은 없었다. 서로의 검이 부딪칠 때마다 가죽을 치는 것 같은 둔탁한 소음만 공간을 울렸다.

펙! 펙! 펙!

일합, 이합, 삼합.

순식간에 삼십 합이 오갔고, 그러던 중에 삼 호의 검이 그만 부서져 버렸다.

검력의 차이 때문이 아니었다. 악인검의 악기를 삼 호의 검이 견뎌내지 못했다.

"카핫! 이제 보니 남강이구나! 네놈도 가루로 만들어주마!"

정존이 눈을 번뜩이며 악인검을 휘둘렀다.

"닥쳐라!"

삼 호가 두 손을 합장하듯 모아 활짝 펼쳤다.

두 손바닥 안에서 압축된 기력이 회오리치며 발출됐다.

펑!

장력과 흑기의 격돌에 삼 호가 허공으로 떠올라 후방으로 쭉 밀려갔다.

정존이 전진 검세를 유지하고 있다고 해서 삼 호가 타격을 받은 것으로 여긴다면 그건 한참 잘못된 판단이다. 후방으로 튕겨 날아가던 삼호가 정존을 노려본 자세에서 오른손만 뒤로 돌려 짧게 외쳤다.

"검!"

후방에서 한 자루 검이 쏜살같이 날아와 삼 호의 손에 잡혔다.

삼 호가 미리 준비한 검이 아니다. 격공섭물의 수법으로 누군가의 손에 들린 검을 끌어당긴 것이다.

"하아아아!"

검을 잡은 삼 호는 허공도약 중에 허리를 비틀어 신검합일의 자세를 잡았다.

공검직격의 수법.

검날에 휘감긴 자광은 검강이다.

꽝!

대지를 뒤흔드는 폭음과 함께 이번엔 정존이 주르륵 뒤로 물러났다.

삼 호는 폭음이 울린 그 자리에 우뚝 서 있었다.

"와아아!"

망월루 무인들이 이 모습을 보곤 환호성을 토했다.

악인검을 물리친 삼 호의 검공은 자하검.

이 사람이 누구인지는 이제 모두가 다 안다.

천하에서 가장 용맹한 검사.

무림 검사들의 대부와도 같은 존재.

바로 화산파 장문인 용맹질풍검 남강이다.

남강이 죽립을 벗고 말했다.

"매불립! 너란 존재는 우리 화산파의 가장 큰 수치이다. 내

오늘, 강호에 속죄하는 심정으로 그 수치를 직접 씻어 내겠다."

뒤로 물러났던 정존이 자세를 추슬러 다시 앞으로 걸어 나왔다.

서로가 정체를 알고 있는 상태다.

정존도 철가면을 벗어던졌다.

"흥! 화산 장문은 원래 나의 자리였다. 본좌의 자리를 가로챈 주제에 감히 누구에게 화산의 수치를 들먹이느냐."

매불립의 주장이 아주 틀린 것은 아니다. 남강과 매불립은 화산파의 사형제 사이. 여불청과의 장강 대결에서 실기하지 않았다면 매불립은 화산파 장문인 자리에 충분히 오를 수 있었다.

"부끄러움을 모르는 인간. 이젠 검사의 자격조차 없는 망종이로다."

남강이 결전을 치르고자 자하검을 일으킬 때다.

후아아아앙!

녹슨 장검이 남강과 매불립 사이의 공간을 맹렬하게 가르고 지나갔다.

오 호의 어검이다.

오 호가 후방 저 멀리에서 걸어오며 말했다.

"화산지존께서는 노도의 개입을 이해해 주시오. 악인권으로 인해 무림은 두 번이나 큰 변란을 겪었소이다. 우리는 오늘 무슨 일이 있더라도 악성종자를 정리해야 합니다."

매불립에게 위협이 되는 대상은 오 호뿐이 아니었다.

오 호의 움직임에 맞추어 망월구객 전부가 매불립을 향해 다가오고 있었다.

"으음."

매불립이 얼굴의 화상자국을 일그러뜨렸다. 대악권을 성취하지 못한 매불립으로서는 남강 하나를 상대하는 것도 벅차다.

망월구객이 전부 나서면 승리는커녕 탈출의 방법조차 없다고 할 수 있다.

그렇다고 매불립이 아직 생존을 포기하기에는 일렀다.

역전의 한 수가 될지도 모를 현상.

때마침 그게 발생하고 있었다.

우르르릉!

와룡대 동상이 별안간 크게 뒤흔들렸다.

심상찮은 조짐.

요란한 진동음에 이어 와룡대 동상 안에서 불꽃의 빛살이 방출된다.

다른 사람은 몰라도 매불립은 이게 무엇을 의미하는지 알고 있다.

"용란?"

매불립의 눈이 와룡대 동상 주변으로 휙휙 돌아갔다.

와룡대 동상 옆의 단애.

그곳 끝자락에 멍히 서 있는 여자가 포착된다.

"저년을 잡아!"

매불립이 수하들에게 명하곤 단애로 직접 달려갔다.

사망검대도 전원 매불립의 움직임을 뒤따랐다.

돌발 상황에 망월루 무인들이 멈칫할 때다.

콰아앙!

와룡대가 폭발했다.

태양이 폭발한 것처럼 화염광이 용마총의 공간을 온통 뒤덮었다.

*   *   *

와룡대 폭발 반각 전.

"아아!"

망월루의 무인들이 매불립 처단에 몰입되어 있을 때 이추수는 덜덜 떨리는 심정으로 와룡대 동상을 향해 걸어가고 있었다.

그녀에겐 여덟 살과 아홉 살 사이의 기억이 없었다. 그 시기에 그녀를 거둔 즙포왕도 그녀가 그 당시 어디에서 무엇을 하고 있었는지 알지 못했다. 그녀는 부모가 자신을 버렸다고 생각했고 그래서 그 충격으로 어린 시절의 기억을 잃었으리라 여겼다.

그런데 그녀의 몸속에 내재된 용란이 개화되면서 그때 잃어버린 기억이 되살아났다.

납치 과정, 또래의 여자아이들과 합숙하며 강제로 현음기공을 배우던 과정, 쳐다보는 것조차 무서웠던 화룡의 모습, 화룡도의 열기를 식히고자 현음지화중화대법을 펼치던 모습.

기억되는 장면은 하나같이 참담하고 끔찍했다. 이런 기억이라면 차라리 기억을 잃은 채로 살아가는 것이 훨씬 더 좋았다.

한편으로 참담했던 그 생활이 되살아난 기억의 전부였다면 그녀가 지금 이토록 두려워하진 않았다.

그녀는 아홉 살 어린 소녀가 아닌 스물네 살의 성인이며, 또한 포교 수업을 통해 심신을 강하게 키운 여성이었다.

그녀가 지금 몸을 덜덜 떨 정도로 두려워하는 것은 되살아난 기억 속에 숨어 있는 진실이었다. 뇌리 속에서 한 남자의 음성이 들려왔다. 기억이 복구되던 그때부터 계속 들려오던 음성이다.

"후회하지 않습니다. 당신과의 만남은 내 삶의 유일한 즐거움이었습니다. 나는 천 년을 어둠 속에서 살아가더라도 역시 같은 선택을 할 것입니다."

이 사람은 누구인가.

누구이기에 이토록 가슴 차는 절절한 말을 전하는가.

그녀는 모른다고, 처음 듣는 음성이라고 애써 부인하지만 그건 그녀의 실제 심정이 아니었다. 그녀의 가슴 속 깊은 곳에서는 이미 그 남자가 누구인지 알고 있었다.

아냐.

그럴 일 없어.

난 그 사람과 전서로만 만났어.

현실에선 만난 적이 없단 말이야.

그녀는 어느 순간부터 기억을 떠올리길 거부했다.

잊었던 기억, 숨겨진 진실.

무섭고 두려웠다. 그게 사실이라면 그녀는 이겨낼 자신이 없었다.

하지만 그녀가 그렇게 거부하면 할수록 오히려 기억은 더 빠르고 더 정확하게 복구되었다.

"넌 이름이 뭐니?"

"이추수요."

"이추수?"

"나 아저씨 알아요."

"날 알아?"

"담사연. 사연 아저씨 맞잖아요?"

"추수야, 네가 진짜 추수가 맞는 거니?"

"헤. 바보처럼 그게 뭐예요. 추수가 진짜지 그럼 가짜도 있나요?"

"추수야, 무섭니?"

"네."

"걱정 마. 아무도 널 해치지 못해. 내가 널 지켜 줄 거야."

복구되는 기억 속에서 와룡대 동상 앞에 다다랐다.

이 장소.

삼십 장 아래로 용암이 흐르는 단애.

그녀는 와룡대 단애 주변을 돌아보곤 그만 창백한 안색으로 바닥에 털썩 주저앉았다.

가상의 기억이 아니다. 진짜 기억이고 실제로 진행된 일이다.

기억의 끝은 한 남자의 죽음.

그 죽음 속에 담긴 진실을 그녀는 도무지 감내할 수가 없다.

"나 때문이야. 내가 원인이었어. 내가 그 사람을 죽이게 만든 거야."

기억이 선명하다.

그녀는 그 사람과 분명 이곳에서 만났다.

그리고 또 기억한다.

삶과 죽음의 선택에서 결단을 내리던 그 사람의 모습을. 그 처연한 눈빛과 그 절절한 음성 속에 담긴 그 사람의 감정을.

"아아! 아아!"

그녀는 용암을 내려다보며 눈물을 왈칵 쏟아냈다.

그를 죽게 만들었다는 사실이 너무 괴롭다.

혼자 남았다는 현실이 너무 가슴 아프다. 그녀는 가슴을 끊어놓는 감정의 칼날에 그만 바닥에 엎드려 아이처럼 엉엉 울었다.

"추수야, 왜 그러느냐? 말 좀 해주렴. 이곳에서 대체 무슨 일이 있었던 거니?"

　즙포왕의 음성이 등 뒤에서 들려오지만 그녀는 고개조차 돌려보지 않았다.

　그가 죽었을지도 모른다는 생각을 하긴 했었다. 견딜 수 있다고 생각했다.

　연심의 추억을 가슴에 담고 그를 자유롭게 보내줄 수 있다고도 생각했다.

　하지만 이건 아니었다. 이런 식으로는 절대로 그를 떠나보낼 수 없었다.

　아니!
　그 사람은 안 죽어!
　바꾸겠어.
　내가 모든 것을 다 돌려 버릴 거야.

　그녀는 눈물을 뚝뚝 흘리며 필기구를 꺼냈다.
　전서로 사용할 서간지는 용마총에 들어오면서 전부 소진했다.
　그녀는 상의를 찢어내어 바닥에 놓고 글을 적었다.

사연 님.

전서를 받게 되면 용마총에서 즉시 빠져나오세요.

그곳에 있으면 당신은 죽게 돼요.

이건 틀림없는 사실이에요.

그날 내가 그곳에 있었어요.

내가 당신의 모습을 지켜봤단 말이에요.

그러니 알았죠?

아무리 중요한 일을 하고 있더라도 즉시 밖으로 나올 거죠?

용마총을 탈출하는 것 외에 다른 생각을 하시면 절대 안 돼요.

이다음에 나랑 만나기로 다짐했잖아요.

나와 같이 수연교를 거닐기로 약속했잖아요.

그러니 지금 내 말을 무조건 들어줘요.

제발 내 말을······.

그녀가 전서 작성을 마치고 유월이의 다리에 상의 조각을
묶었을 때다.

쫘르르릉.

와룡대가 드세게 진동했다.

단애가 뒤흔들리며 화염 빛살이 와룡대에서 터져 나왔다.

줍포왕이 무어라고 소리치며 그녀의 등을 막아섰고 그와

동시에 와룡대가 폭발을 일으켰다.

바라보는 자 눈이 멀어버릴 것 같은 화염광의 폭발이었다.

          *   *   *

콰아아앙!

와룡대 동상이 폭발했다.

태양의 파편 같은 빛살이 폭발의 원점에서 쏟아지는 가운데 그는 화염광에 둘러싸인 모습으로 뛰쳐나왔다.

그가 향하는 방향은 와룡대 맞은편 용암 단애였다. 이 순간 망량은 효력도 없을뿐더러 자동적으로 깨졌다. 와룡대에서 방출된 화염광의 속도는 망량과는 비교가 안 될 만큼 빨랐다.

'헤수스!'

와룡대에서 마주보이는 단애 벽면에 단숨에 다다랐다. 폭발과 동시에 그곳에 도착했다고 할 수 있는데 그의 표정이 굳어버린 것도 금방이었다.

'어?'

헤수스가 그곳에 없었다.

'어디로 갔지?'

장소를 착각한 것은 아니었다.

그는 십오 년 전 그날, 이곳에 틀림없이 헤수스를 꽂아두었다.

"아! 전서!"

그는 가슴이 철렁했다.

그가 헤수스를 꽂아둔 것은 사실이지만 정확하게 말해서 아직 그 일은 벌어지지 않았다.

이추수가 보낸 마지막 전서를 과거의 그가 받아보아야만 그 상황이 진행되는 것이다.

'추수는?'

운명 같은 상황이리라.

그가 이추수를 떠올리며 무심코 고개를 돌린 곳. 그곳 단애 끝자락에 거짓말처럼 그녀가 자리해 있었다.

"……!"

그는 그녀를 발견한 즉시 벽면을 박차고 올라 그곳으로 날아갔다.

은빛의 검이 그의 손에서 쭉 뻗어 나왔다.

월광의 발휘!

그녀를 공격하는 것은 당연히 아니다. 그녀의 등 뒤로 동쪽 대지에서는 매불립이 달려오고 있고 서쪽 하늘에서는 조순이 아가리를 벌리듯 용종의 하단부를 열어 그녀를 향해 떨어지고 있었다.

매불립과 조순.

망량을 사용하기에는 이미 늦었다.

하나만 막을 수 있다면 그의 선택은 조순이다.

추수가 용종 속에 들어가면 그땐 두 번 다시 볼 수 없을 것만 같았다.

쾅!

이추수를 발아래에 두고 그는 조순의 용종에 육탄으로 맞부딪쳤다.

조순의 용종을 막아내긴 했지만 그는 충돌 여파로 뒤로 팅겨 휠휠 날아갔다.

상황은 더욱 암담해진다.

그가 충격으로 잠시 무방비가 된 사이에 매불립이 검을 창처럼 잡아서 던졌다.

공간을 가로지른 매불립의 검이 그의 어깨에 강력히 꽂혀들었다.

"크윽!"

그는 피를 토하며 단애 아래로 떨어졌다.

가슴이 뚫린 것처럼 고통스럽지만 이 순간 그는 오직 그녀만을 애타게 주시했다.

그녀는 유월이를 손에 들고 그를 멍히 쳐다보고 있었다.

갑작스런 그의 개입에 그녀는 뭐가 뭔지 잘 모르는 얼굴이다.

아니, 되살아난 아픈 기억 때문에 현장에서 지금 무슨 일이 벌어지고 있는지조차 잘 모르고 있는 것 같다.

—이추수! 전서를 날려! 어서!

푸드덕! 푸드덕!

그의 애타는 눈빛 때문이었을까.

그녀의 손에서 유월이 날아올랐다.

조순이 소리쳤다.

"매불립! 전서구를 잡아!"

매불립이 유월이를 향해 지력을 쏘았다.

팟!

유월이의 한쪽 날개가 잘렸다.

유월이도 곧 단애 아래의 용암으로 떨어졌다.

그는 추락 과정에서 유월이를 손에 잡았다.

기원의 심정이다.

유월아, 힘을 내줘.

이 전서를 내가 받아보아야 해.

그래야만 우리가 추수를 구할 수 있어.

팟!

용암을 반 장 아래에 두고 유월이와 그의 모습이 사라졌다.

어쩌면 그대로 용암 속에 빠졌을지도.

4장

용천혈지

담사연은 힘겹게 눈을 뜬다.

몸이 천근만근이다.

삼 일 내내 잠을 자고 일어난 기분이다.

"담 형, 이제 깨어나셨군요. 몸은 괜찮으십니까?"

구중섭의 음성이다.

담사연은 상체를 일으켜 구중섭을 마주봤다.

현실 인식이 뒤늦게 된다.

화염지옥의 꿈속 세상.

몽환영을 지독할 정도로 심하게 겪은 것이다.

그러던 중 그는 문득 흠칫하며 주변을 돌아봤다.

"화, 화룡은 어떻게 되었습니까?"

"저기."

구중섭이 그의 뒤편 북쪽 단애 아래를 눈짓했다.

크으! 크으! 크으으으!

화룡이 그곳 용암 속에서 몸을 꿈틀대며 울부짖고 있었다. 몸을 꿈틀거릴 때마다 화룡의 육질과 뼈는 차례로 녹고 있었다.

담사연은 화룡의 모습을 잠시 살펴보곤 구중섭을 다시 쳐다봤다.

"어떻게 된 거죠? 참 그보다 여긴 어디지요?"

몽환영을 겪은 곳은 용비광장인데 지금은 거대한 용의 동상이 세워져 있는 용암지대로 장소가 바뀌어 있었다.

"여긴 와룡대라고 불리는 곳입니다. 용문의 적광로 중에서 용암의 세기가 가장 강한 곳인데 담 형이 잠든 사이에 우리가 이리로 옮겨 왔습니다."

"화룡은 어떻게?"

"화룡은 자기 스스로 이곳까지 날아와 용암에 뛰어들었습니다. 독심당주의 말에 의하면 몽환영의 지배자, 담사후가 그렇게 유도했다고 하더군요."

"아!"

꿈속에서도 이능이 그런 말을 하긴 했다.

하지만 막상 그게 현실화되자 그는 아직도 꿈을 꾸고 있는 것만 같았다.

몽환영의 세상에서 삼십 년 동안 화룡과 징그럽게 싸웠다.

산에서 기습, 강에서 급습, 폭우 속에서 습격, 폭설 속에서 정면 공격, 온갖 수단을 다 동원해서 싸워보았지만 화룡을 죽일 수 없었다.

화룡의 비행보다 더 빨랐던 망선이 아니었다면 그가 먼저 수백 번은 더 죽어 나갔다. 하지만 그렇게 불사조 같았던 화룡이 지금 현실에서 허무하다 싶을 정도로 쉽게 최후를 맞이하고 있었다.

형의 능력이 새삼스러웠다. 형이 아니었다면 그는 이런 날을 결코 맞이하지 못했다.

담사연은 현실 복귀에 나서고자 와룡대 일대를 돌아봤다.

꿈의 여파로 환경 적응력이 저하됐던 탓에 현장의 심각한 상황이 이제야 눈에 들어왔다.

와룡대 곳곳에서 정체가 불분명한 무인들이 용문의 병력을 상대로 무자비한 살육전, 한편으로 피아가 잘 구분되지 않는 대혼잡 난전을 펼치고 있었다.

"저들은 누구죠? 항룡단은 아닌 것 같은데?"

"그들은 절망의 평원에서 대치했던 정파와 사파의 무인들입니다. 오늘 새벽, 화룡이 죽어간다는 소식이 외부에 알려지자 한꺼번에 용마총으로 몰려왔지요."

"새벽?"

정파와 사파의 움직임은 그의 관심 사안이 아니다. 그가 알고 싶은 것은 시간대의 혼란을 주는 새벽이라는 말의 뜻이다.

"아! 그 말을 안 해주었군요. 담 형은 다섯 시진 동안 잠을 잤습니다. 우리는 길어봐야 한 식경 정도만 꿈을 꾸었으니 담 형은 실로 오랫동안 몽환영을 겪었다고 할 수 있지요."

담사연은 구중섭의 말을 이해했다. 꿈속에서 삼십 년 동안 살았으니 현실의 수면 시간도 당연히 남들보다 더 길었을 것이다.

그는 조원들의 행방에 대해서도 물었다.

"다른 조원들은 어디에 있죠?"

"용문전 용천혈지로 들어갔습니다."

"용천혈지?"

"용문전 안에 초거대 용혈지대가 있다고 하는데 화룡이 용암에 뛰어들기 전 그곳에다가 화룡도를 뱉어냈습니다. 그래서 척룡조는 물론이요, 군자성과 여불청, 정사파의 무림인들 전부가 그곳으로 향했습니다. 아마 지금쯤이면 화룡도 쟁탈을 두고 엄청난 희생자가 나왔을 겁니다."

담사연은 잠깐 생각해 보곤 일어섰다.

"용천혈지로 가야겠습니다, 지금."

아직 안심할 상황이 아니다. 군자성과 여불청은 화룡이 아니더라도 충분히 위협적인 존재들이다.

정객과 마객만으로는 그들을 대적하기가 여의치 않을 터다.

"참, 독심당주께서는 어디 계시죠? 일단 먼저 만나봐야겠습니다."

"……."

"용문전에 있습니까?"

"……."

구중섭이 대답을 하지 못했다.

담사연은 이상한 기분이 들어 구중섭을 진하게 쳐다봤다.

구중섭은 착잡한 얼굴이 되어 답했다.

"그분은 이제 만날 수 없습니다."

"왜?"

"저기……."

구중섭이 우측 단애 위를 가리켰다.

목관 하나를 앞에 두고 배교의 집법술사들이 그곳에 대기해 있었다.

구중섭이 가리킨 것은 배교의 술사들이 아닌 목관.

담사연은 설마의 심정으로 물었다.

"무슨 뜻입니까? 독심당주께서 왜 목관 안에 들어가 있다는 겁니까?"

"이 공께선 오늘 새벽 사망하셨습니다. 정확히 말하면 정신은 죽고 육체의 기능만 아주 조금 살아남았지요."

구중섭의 말을 해석해 볼 심정이 아니다. 담사연은 죽었다는 그 말에 언성을 높여 되물었다.

"왜! 그러니까 왜! 독심당주가 죽었다는 겁니까?"

구중섭이 한숨을 내쉬곤 설명했다.

"몽환영은 하나의 사안에 연속해서 걸리지 않습니다. 그럼에도 독심당주는 어젯밤 세 번이나 몽환영의 세상에 들어갔습니다. 두 번째 몽환영은 담사후의 도움을 받았지만 세 번째 몽환영은 담사후도 이 공을 도와줄 수 없었습니다. 꿈이란 것을 이미 인식한 상태이기에 몽환영에서 자동적으로 깨어나게 되는 겁니다."

"아!"

"그래서 이 공께서는 몽환영에서 깨어나지 않도록 꿈속 세상에 들어간 즉시 자신의 뇌호혈을 터뜨리고 심맥을 끊어 인체기능을 정지시키라고 배교 술사들에게 명했습니다. 우리가 말렸지만 이 공의 결심이 워낙에 확고해 결국 저렇게 식물인간 상태가 되어버렸습니다. 난 담 형도 독심당주의 죽음을 알고 있었다고 생각했는데 그게 아니었습니까?"

"아아!"

담사연은 심적 충격에 몸을 비틀댔다.

같은 사안에 연속으로 걸리지 않는다는 몽환영의 법칙.

법칙을 깬 이능의 모습을 왜 의심해 보지 않았을까.

그러고 보면 이능 또한 그에게 자신의 죽음을 암시하는 말을 남겼다.

"그때는 돌아갈 곳이 있었으니 죽고도 살 수 있지만, 지금은 돌아갈 곳이 없으니 살고도 죽을 수밖에 없겠지."

"이별은 아쉬워하지 말게. 쉽지는 않겠지만 훗날에 이곳으로 다시 찾아올 한 가지 방법을 내가 서신에 적어두었네."

"내가 바보였어! 내가 왜 그걸 몰랐을까!"

담사연은 자책하며 목관 앞으로 걸어갔다.

목관 안에는 이능이 경직된 모습으로 누워 있었다. 이능의 얼굴을 만져 본다.

한 가닥 숨결만 붙어 있을 뿐 생기는 거의 느껴지지 않는다.

이능이 죽었다는 것이 이제 실감된다.

그는 눈물을 흘려냈다. 진심의 눈물이다.

이 사람 이능.

길지 않은 만남이었음에도 그에게는 새 삶의 길을 열어준 은사 같은 분이다.

뿐만 아니라 무림의 권력자들이 욕망과 욕심에 빠져 화룡도를 탐내었을 때 이 사람은 홀로 화룡대란을 막을 대책을 고심하고 강구해 왔다.

그에게는 이런 사람이야말로 진짜 정협이며, 의인이며, 마음속의 큰 스승이다.

"이 공께서 담 형에게 남기신 서찰이 있습니다. 읽어보십시오."

구중섭이 그의 뒤로 다가와 서찰을 내밀었다.

담사연은 서찰을 받아 펼쳐봤다.

야랑은 현실의 내 모습을 안타까워하지 말게.

자네는 몽환영에 너무 깊이 빠졌기에 현실로 복귀시키자면 누군가의 인도가 있어야만 했었네.

몽환영을 계획한 그때부터 나는 이미 이러한 결과를 예상하고 있었네.

후회 같은 것은 없네. 살 만큼 산 인생, 생의 마지막 동반자로 화룡을 데리고 가는 것이니 나는 오히려 내 운명을 기쁘게 맞이할 수 있네.

내가 염려하는 것은 자네가 살아갈 앞으로의 인생이네.

야랑 자네는 화룡을 상대로 그보다 더 잘할 수 없을 만큼 잘해주었네.

자네의 그 치열했던 투쟁사가 아니었다면 화룡은 몽환영에 대해 의심했을 것이고, 그리되면 인류는 화염지옥을 현실로 겪게 되었을 것이네.

하지만 안타깝게도 화룡과 삼십 년 동안 싸운 자네의 투쟁사를 현실 사람들은 모르고 있네. 설령 몽환영에 관한 이야기를 듣는다고 해도 그것을 꿈으로 치부하며 자네의 업적을 폄하하려 들 것이네.

하니, 용문 상황이 어떻게 끝나든 자네는 무림에서 여전히 자객으로만 취급받을 것이네.

무림의 실세들은 권력 심층부 비밀을 알고 있는 자네를 위험한 존재라 여기고 무림 전란의 원인으로 만들어 정리하려고 할 것이네.

억울하지만 어쩔 수 없네. 그게 바로 무림 권력의 본성이네.

이승을 떠난 내가 자네에게 해줄 수 있는 유일한 대책은 자네를 용마총에서 탈출시켜 새 삶을 살게 해주는 것이네.

배교의 집법술사들에게 그 일을 은밀히 지시해 두었네. 하니 자네는 화룡의 소멸이 확인되는 즉시, 군자성과 여불청, 그리고 매불립과 조순에 대해 미련을 두지 말고 속히 용마총을 탈출하시게.

그자들이 이번 사태의 원흉이며 자네의 삶을 망친 원수인 것은 분명하지만, 그들은 어차피 용마총에서 죽을 수밖에 없는 운명에 처해 있네. 설령 그들 중의 몇몇이 용마총을 빠져나간다고 해도 자네의 능력이라면 훗날 얼마든지 처리할 수 있다고 여겨지네.

용마총을 탈출한 후, 세월이 흘러 이번 사태가 세인들의 관심에서 멀어질 시점이 되면 그땐 보타산 항마곡으로 오시게.

여불휘의 꿈속에 있던 몽환의 대지는 이제 자네와 나의 꿈속으로 넘어왔네.

알아본 바에 따르면 몽환영은 배교가 고대 시절에 잃어버렸던 환몽마라술(幻夢魔拏術)과 깊은 연관이 있네. 배교 술사들이 내 꿈의 의식을 이용해서 몽환영에 관한 연원을 밝힐 것이니, 자네가 그곳에 올 시점이 되면 아마도 몽환의 대지로 다시 들어갈 수 있게 될 것이네.

야랑!

자네는 내가 만난 최고의 자객이자, 의협이네.

나는 자네가 걸어갔던 의협자객의 길을 저승에서도 영원히 잊지 않을 것이네.

독심당주 구주지마 이능.

참, 노파심에서 두 가지 명심 사안을 적어두겠네.

첫째는 화룡의 시공겁은 끝이 났지만 자네의 시공겁은 아직 끝나지 않았다는 것이네.

따라서 자네는 시공겁이 끝나는 그날까지 시공 연동을 깨뜨리는 어떠한 파괴 행위도 하면 안 되네.

화룡과 자네는 서로의 시공결로 연동되어 있네. 하나의 시공결이 파괴되면 최악의 경우 다른 하나가 부활할 수도 있네.

둘째는 만약 용마총 탈출에 실패하고 인신이 구속되는 최악의 상황에 부닥치게 된다면 그땐, 나와 자네가 꿈속에서 두 번째로 만났던 화염지옥 이십 년 시절을 떠올리시게.

나는 그때 보타원주의 신분으로 자네에게 접근해서 태원신공을 건네주었네.

잊지 말게. 태원신공이네. 그 안에 자네의 삶을 되살릴 해결책이 있네.

서찰을 읽던 중에 구중섭의 음성이 들려왔다.

"내 생각도 독심당주와 같습니다. 담 형은 지금 용마총을 빠져나가야 합니다. 정파와 사파의 분위기가 심상치 않습니다. 화룡이 용마총 밖으로 나갔을 당시 평원 전투에서 서로 간에 심각한 갈등 요소가 발생했다고 하는데, 그 때문에 현재 전면전 일보직전에 다다라 있습니다."

담사연은 내용을 다 읽고 나서 서찰을 품속에 넣고 구중섭을 돌아봤다.

구중섭이 추가 설명을 했다.

"물론 내가 그 서찰을 본 것은 아닙니다. 독심당주께선 세 번째로 몽환영에 들어가기 전에 척룡조를 모아놓고 군자성과 여불청이 정리되면 그다음은 담 형이 무림 권력의 목표물이 된다며 어떤 일이 있어도 담 형만은 살려야 한다고 주장하셨습니다."

담사연은 비통함을 억누르고 잠깐 고민해 봤다. 이능의 주장이 틀린 것은 아니다.

전쟁이 발발하면 그는 정파와 사파의 전란 명분 확보를 위한 제물이 될 공산이 크다.

하지만 그는 깊은 생각 끝에 고개를 저었다.

"뜻은 알겠지만 내가 이대로 용마총을 탈출한다면 그건 도망자의 삶이 될 뿐입니다. 나는 그렇게 살아갈 수 없습니다. 적어도 군자성과 여불청, 둘 중 하나의 목은 베고 용마총을 나갈 것입니다."

담사연의 결심이 확고하기에 구중섭은 반대를 강하게 하지 못했다.

현 상황에서 그나마 그의 결심을 꺾을 사람은 일엽과 천이적뿐인데 두 사람 모두 이 자리에 없었다.

담사연이 결정을 내린 후에 배교의 술사들이 목관 앞으로 걸어왔다.

그들은 목관 앞에서 엄숙히 제를 올린 다음 목관의 상판을 덮고 담사연을 마주해 공손히 절을 올렸다.

"왜 이러십니까?"

담사연은 배교와 어떤 연관도 없는 인생을 살았다. 그들의 절을 받을 이유가 없었다.

절을 마친 술사들이 무릎을 꿇은 자세로 그를 올려다봤다. 모두가 입을 열었지만 음성은 하나로 통일되어 들려왔다.

"우리는 당신의 결정을 존중합니다. 당신은 용투야(龍鬪爺). 용투야는 절대로 물러서지 않습니다."

"용투야?"

그는 반문하려다 말고 멈칫했다. 어디선가 들어본 명칭이다.

"당신은 화염지옥에서 화룡과 끝까지 싸운 위대한 전사이십니다. 우리는 당신을 용투야로 불렀고, 화룡에 굴복하지 않은 당신의 투쟁사는 멸종을 앞둔 인류에게 유일한 희망과도 같았습니다. 세상 사람들이 용투야에 대해 몰라도, 우리만은 당신의 업적을 영원히 잊지 않을 겁니다. 서쪽 하늘의 문이 열려 누란의 시대가 닥쳐오면 당신께선 보타산에 올라 우리를 찾으십시오. 화염지옥에선 당신이 우리를 위해 싸웠지만 그땐 당신을 위해 우리가 대신 죽어드리겠습니다."

배교 술사들이 일어나서 이능의 목관을 어깨에 올려 들었다.

담사연은 묵례로 답했다.

뒤늦게 기억했지만 그는 용투야로 불렸던 적이 있었다. 그 때 그는 담사연이라는 이름, 야랑이란 애칭, 아비객이란 명호, 그 모든 것을 잊고 용과 싸우는 사람, 오직 용투야로만 활동했다.

배교 술사들이 진언을 중얼대며 용마총을 빠져나가기 시작했다.

무인들의 전투로 혼잡한 현장이지만 그들의 행로 앞은 이상하게도 텅텅 비워지고 있었다.

"담 형이 용투야로 불렸다고요? 나는 그걸 왜 몰랐지? 나도 남들보다는 상당히 오래 살았는데……."

배교 술사들이 떠나고 난 후 구중섭이 떨떠름한 얼굴로 물었다.

"구 형은 화염지옥에서 얼마만큼 살았지요?"

"칠 년! 장장 칠 년입니다. 꿈에서 깨고 난 후에 알아보니 나만큼 오래 산 사람들이 거의 없더군요."

담사연은 씁쓸한 미소를 지어 보였다.

"최소 십 년은 살아야 용투야란 호칭의 뜻을 알 수 있습니다."

구중섭이 놀란 얼굴로 되물었다.

"네? 최소 십 년이라고요? 하면 담 형은 대체 그곳에서 얼마나 오래 살아가신 겁니까?"

"삼십 년."

그는 짧게 답하고 용문전 방향으로 걸어갔다.

구중섭이 곧 뒤따라 걸어왔다.

"후아, 담 형이 남들보다 오래 살았다는 말을 듣긴 했는데 삼십 년이라니……. 어떻게 그렇게 오래 살 수 있지? 담 형께선 그 세월을 다 기억하십니까?"

담사연은 답하지 않고 전장의 중심으로 묵묵히 걸었다.

기억을 못하는 것이 아니라 안 하려고 한다. 꿈의 세상에서 인류의 종말을 보았다.

개체로서 종말뿐이 아닌 인간성의 말살까지 직접 겪어 보았다.

그로서는 가능하다면 그 끔찍한 세상을 전부 망각해 버리고 싶다.

"야아아아!"

전방에서 한 무리의 무인이 달려들었다.

그는 걸어가던 중에 허리를 숙였고 이어서는 오른손을 칼처럼 눕혀서 무인들의 목을 그었다.

손날치기에 목이 타격된 무인들은 그 즉시 바닥에 쓰러졌다.

"으응? 이 무슨!"

담사연을 뒤따라가며 내심 일전을 각오했던 구중섭이 머쓱한 표정으로 변했다.

"저놈부터 죽여!"

용문의 무인들이 그를 표적으로 몰려들었다.

담사연은 물러섬 없이 그들의 전면으로 나아가 장권으로 맞섰다.

상대 무인들이 추풍낙엽으로 쓰러진다. 능광검과 암기술을 사용하지 않건만 용문의 무인들은 도무지 상대가 안 되고 있다.

"이럴 수가!"

담사연의 이러한 무공 발휘에 구중섭은 놀란 반응을 보였다.

구중섭이 알기로 담사연은 적재적소에 맞는 초식으로 단번에 승부를 보는 방법을 사용해 왔지 이렇게 압도적 무공을 바탕으로 정공법을 펼쳐 적을 제압하는 무인이 아니었다.

"야아아아아!"

다시 한 무리의 무인이 몰려왔다. 일선의 적만 백 명이 넘었다.

이번엔 정면 승부를 펼칠 수 없으리라. 구중섭이 그런 생각을 가질 때 담사연은 아무런 주저없이 무인들 속으로 홀쩍 뛰어들었다.

팟!

담사연의 모습이 순간적으로 구중섭의 시야에서 사라졌다. 적들과 뒤섞여 구중섭이 그의 모습을 놓친 것이 아니라 말 그대로 시야에서 사라져 버렸다.

팟!

담사연이 모습을 다시 드러냈다.

구중섭은 이때 눈앞에서 펼쳐진 장면에 기절해 버릴 것 같은 충격을 받았다.

채쟁! 카캉! 쿠탕탕탕! 투투투툭!

전방의 무인들이 한꺼번에 쓰러지고, 넘어지고, 엎어지고 나동그라졌다.

일대 혼란. 쉽게 표현한다면 일시에 난장판이 되어버렸다고 할 수 있다.

담사연이 고개를 돌려 구중섭을 쳐다봤다.

"나 먼저 갑니다."

쿠아아아! 쿠쿵! 쿠쿵!

그의 말이 끝나자마자 조금 전의 난장판 장면이 재현됐다.

그는 그런 상황 속에서 사라짐과 나타남을 반복하며 용문전 입구까지 단숨에 달려가 버렸다.

"이게 대체!"

구중섭이 넋이 나간 음성을 중얼댔다.

귀신에 홀린 것 같은 심정.

이 표현 외에는 달리 설명할 길이 없다.

*　　　*　　　*

용문전 용천혈지.

용천혈지에 화룡도를 뱉어내기 전, 화룡은 용문전 일대를 발광하듯 헤집고 다니며 용화염을 마구 토해냈다. 이 때문에 구룡족의 석조 공예가 찬란히 꽃피었던 용문전은 온통 화염에 휩싸였다.

고대인들의 문화를 보존해야 한다며 화염 진화에 나설 사람은 현장에 없었다. 용문전으로 몰려온 무림인들은 오히려 이 불길에 편승해 난전을 일삼으며 용문전의 보고를 약탈했다.

불길 속에서 벌어지는 난전과 약탈, 이젠 누가 적이고 누가 아군인지 구별조차 쉽지 않은 혼란 상황인데 그나마 난전이 중단되고 적과 아군이 선명하게 갈린 곳이 있다면 화룡도가 있는 용천혈지 앞이었다.

용천혈지는 삼십 장 직경이 넘는 초거대 용혈 지당(池塘)이다.

용마총의 소단위 용혈지당을 전부 합친 것보다 규모가 큰 곳이지만 현재는 용천혈지의 용혈이 반경 삼 장으로 좁혀져 있었다.

용천혈지의 중앙에 꽂힌 화룡도로 용혈이 전부 빨려 들어 간 것이다.

용천혈지 앞은 정파의 무인들과 사파의 무인들, 그리고 척 룡조를 지원하는 항룡단과 용문의 무인들이 서로 갈려서 대 치해 있었다.

이전부터 계속 이렇게 대치한 것은 물론 아니었다. 화룡도 가 있는 곳인만큼 그동안 이곳에선 매순간 사상자가 발생했 을 정도로 치열하게 난전이 벌어졌다.

난전 상황이 정리된 것은 용천혈지로 뒤늦게 뛰어든 일주 검마 여불청의 가공할 무력 때문이었다.

용천혈지로 들어간 여불청은 장장 두 시진 동안이나 홀로 화룡도를 지켜냈다.

그사이에 정파와 사파의 공격을 물리쳤고, 화룡도를 노린 용문의 집단공격까지 모두 막아냈다.

강해도 너무 강한 여불청이었다.

그는 내공 고갈을 모르는 무적의 초인이자 인간의 탈을 쓴 화룡의 화신과도 같았다. 그래서 이곳에서만큼은 무림인들 이 종파를 불문해 여불청 하나를 두고 잠정적인 협력 관계를 맺기에 이르렀다.

정상적인 공격으로 뚫을 수 없다면 수적 우위를 앞세운 전술전과 차륜전이 그 해결책이다.

사파의 무인들, 사정련이 화살과 투창을 날릴 전술포진을 먼저 구축했다. 퇴로를 막은 상태에서 여불청에게 조준된 화살은 일천 개가 넘는다.

화살을 날린 다음에는 정파의 무인들이 순차적으로 공격에 나선다.

제아무리 검마라도 정파와 사파의 연합된 전술전에서는 살아날 수 없다는 것이 현장의 무인들 판단이다.

화살이 조준된 가운데 상관호가 앞으로 걸어 나왔다.

"천주, 이제 그만 검을 내려놓으시오. 나는 지난 시절 내가 진정으로 존경했던 사파의 총수가 이런 식으로 최후를 맞이하는 것을 결코 원하지 않소."

상관호는 하루 동안 용마총을 봉쇄하라고 했던 이능의 명을 충실히 이행했다.

정파 무인들이 용천삼문으로 몰려왔지만 어떤 압박에도 불구하고 용문봉쇄를 풀지 않았다. 문제는 이능이 알려주지 않았던 하루가 지난 후의 대처 상황, 특히 화룡이 죽은 상황 아래에서의 대응 조치였다.

화룡을 잡았다는 소식에 정파 무인들이 용마총으로 무조건 밀고 들어왔다.

정파 무인들을 무조건 무력으로 막는다면 그건 전면전이다.

전면전을 앞둔 긴박한 상황 속에서 결정은 상관호의 몫이었고, 결국 상관호는 고심 끝에 용문의 적들을 섬멸시키고자 칼날의 방향을 용마총으로 돌려 이곳까지 들어오게 됐다.

"화룡도는 신병! 신병을 탐하는 자는 모두 죽이리라!"

여불청은 상관호의 조금 전 물음에 답하지 않고 괴음만을 흘려냈다.

이전부터 계속 이랬다.

여불청은 화룡도 사수에만 몰입되어 있을 뿐 정상적인 사고를 하지 못했다.

상관호가 안타까운 얼굴로 말했다.

"천주, 제발 정신을 차리시오. 천하의 일주검마가 어찌 그깟 기물 따위에 정신이 장악된다는 말이오. 부디 추한 꼴을 보이지 말고 당신답게 죽어주시오."

"크크, 화룡도는 신의 병기. 신병을 탐하는 자는 모두 죽이리라!"

여불청이 이번에도 같은 말을 중얼대자 상관호는 굳은 얼굴로 돌아섰다.

더 이상의 인정은 없다. 이제부터는 척살의 일 순위가 되는 적으로만 상대할 뿐이다.

"사정을 두지 말고 끝을 봐라. 저 사람은 우리가 알던 사파의 총수가 아니다."

투투투투!

상관호의 명에 사정련의 궁수들이 일제히 활을 쏘았다.

근거리 조준 사격이다.

한 발도 빗나갈 일이 없건만 활을 쏘고 난 즉시 궁수들의 얼굴이 굳었다.

"으응?"

사수들의 이러한 반응에 상관호가 와락 돌아섰다.

상황 파악은 바로 된다.

여불청이 자신의 눈앞으로 날아온 화살을 검막으로 막아 버렸다. 아니, 검막이라고 할 수 없다.

검막은 기공을 막는 수법이지 유형체의 무기를 막는 검공이 아니다.

검마가 발휘한 이 검공은 검막의 수준을 훨씬 뛰어넘는 검의 방어진, 검경(劍勁)이다.

상관호가 지휘봉을 들고 재차 명했다.

"일백연환궁! 일백연환창! 다시 쏴! 다시 던져! 죽을 때까지 계속 날려!"

츄츄츄츄츄! 콰콰콰콰콰!

백 개의 화살과 백 개의 창이 검마를 향해 연속적으로 날아갔다.

화살과 투창으로 새까맣게 뒤덮인 공간. 이번에는 막지 못하리라.

이번에는 생존할 수 없으리라.

무인들이 그렇게 생각할 때 여불청이 검병을 두 손으로 잡고 용천혈지에 와락 꽂았다.

쿠아앙!

빛살의 폭출과 함께 용천혈지가 뒤흔들렸다. 용혈이 파편처럼 튀겨 올랐고, 이어서는 사방 공간으로 용혈의 알갱이가 총알처럼 날아갔다.

"크아악!"

일선의 궁수들이 용혈에 관통되어 와르르 쓰러졌다. 타격의 대상은 일선의 무인들뿐만이 아니다. 이선에 포진한 무인들도 여불청의 검공이 일으킨 빛살의 폭출에 집단적으로 타격되어 피를 토했다.

"화룡도는 신의 병기! 신병을 탐하는 자는 모두 죽이리라!"

여불청이 소리치며 오른손을 번쩍 들었다.

여기까지만 해도 인간의 한계를 초월한 무력이거늘 더 끔찍한 상황, 정말로 위험한 사태가 여불청의 오른손에서 벌어졌다.

화르르르!

화룡도가 둥실 떠올라 여불청의 오른손에 잡혔다.

인간의 영혼마저 태우는 마귀의 불길!

검마가 화룡도를 휘두르며 전진하기 시작했다.

"아악!"

화룡도의 불길은 인간의 무력으로 막을 수 없다.

화룡도에 스치는 것은 대상이 무엇이든 잘리고 부서지고 불타고 있다.

"사정련! 이십 장 뒤로 물러나!"

사정련의 무인들이 화룡도에 일방적으로 학살당하자 상관호가 퇴각의 명을 알리곤 여불청의 앞을 급히 막아섰다.

"하아아!"

상관호는 화룡도의 불길을 눈앞에 두고 두 손을 풍차처럼 돌려 우측 방향으로 뻗어냈다.

정면 대응이 아니다. 상관호가 발휘한 것은 태강십결 중의 회자결.

회자결로 화룡도의 공격 방향을 우측 공간으로 돌리게 만들었다.

후아아앙!

"아악!"

하지만 상관호의 이러한 임기응변의 대처는 의도치 않은 피해를 불러왔다.

사정련의 우측 지대에 포진했던 정파 무인들이 화룡도의 화기에 집단적으로 휩쓸려 버린 것이다.

"관마! 이게 뭐하는 짓이오!"

정파 진영에서 회의검사가 노한 얼굴로 뛰쳐나왔다. 형산파 장문인 진서벽이었다.

상관호는 진서벽을 힐끗 쳐다보고는 곧장 후방으로 몸을 내던졌다.

콰앙!

화룡도의 불길이 조금 전 상관호가 서 있던 자리를 강타했다.

상관호는 몸을 피한 상태.

그 불길을 온몸으로 상대한 이는 진서벽이었다.

진서벽은 두 손으로 검을 잡고 천추부동의 자세로 서 있었다.

위기의 순간 태벽검을 발휘해 그나마 치명상을 면했다.

"크크."

여불청이 진서벽을 향해 걸어갔다.

진서벽은 피하지 않고 검을 세워들었다. 후방에 정파 무인들이 포진해 있다. 진서벽이 몸을 피하면 정파 무인들이 다치게 된다.

"오라! 마군!"

쿠아아! 쿠아아!

진서벽의 눈앞에서 화염의 폭풍이 휘몰아쳤다.

일합! 이합! 삼합!

진서벽이 신음을 흘리며 검봉을 아래로 내렸다. 방어적인 검공으로 천하에서 으뜸인 태벽검법조차 화룡도를 막아내지 못하고 있었다.

"하아!"

"진송! 우리가 돕겠소!"

진서벽의 후방에서 두 줄기 음성이 들려왔다.

두 사람의 지원 공격.

한 사람은 진서벽의 좌측에서 수평으로 날아오며 여불청과 맞섰고.

다른 한 사람은 진서벽의 머리 위에서 대지로 하강하며 검을 내려쳤다.

쿠아앙!

진서벽의 태벽검을 포함한 세 가지 검공이 화룡도와 격돌하자 용천혈지가 다시금 크게 뒤흔들렸다. 나름의 성과는 있었다.

화룡도의 화기가 한풀 꺾인 상태에서 여불청의 전진이 중단되었다.

진서벽이 좌우를 돌아봤다.

화산파 장문인 남강과 무당파 장문인 태정이 그의 좌우에 자리해 있었다.

고마움의 인사는 나중에 전해도 된다.

진서벽은 검을 들어 정파 무인들의 퇴각부터 알렸다.

"정파연합! 화룡도에 맞서지 말고 속히 물러서라!"

진서벽의 명에 정파 무인들이 빠르게 퇴각했다.

용천혈지 앞에는 이제 혈관음들과 척룡조, 그리고 그들을 경호하는 항룡단만이 남았다.

"카아! 카아!"

여불청이 다시 움직이기 시작했다.

이번엔 혈관음들이 화룡도의 표적이다.

일엽은 이때 아이들을 후방으로 빼내고자 했지만 그게 여의치 않았다.

혈관음들이 이 순간 오히려 여불청을 향해 다가서고 있었다.

사실은 화룡이 용천혈지에 화룡도를 뱉어놓던 그때부터 혈관음들은 통제가 안 되었다.

아이들은 무언가에 홀린 것처럼 용천혈지로 향했고, 그곳에 당도해서는 누가 시키지도 않았는데 원진을 이루어 현음지화중화대법을 펼쳤다.

여불청이 아이들의 십 보 앞에 다다랐을 때다.

혈관음들이 합동으로 소리쳤다.

"신병강림! 신병무적! 신병앙위!"

화르르르!

아이들의 음성에 여불청이 화룡도를 번쩍 들었다.

"안 돼!"

일엽이 뛰쳐나와 아이들의 앞을 막아섰다. 뭐가 뭔지 모르는 상황이지만 그렇다고 아이들을 이대로 화룡도 앞에 내버려 둘 수 없었다.

"카아!"

여불청이 화룡도를 휘둘렀다.

일엽은 청류검강으로 화룡도의 불길을 막았다. 불길이 파편처럼 터졌다.

화산파와 무당파, 형산파의 삼파 합공으로 간신히 막아낸 화룡도이다.

일엽 혼자서는 죽었다가 깨어나도 이 화염을 막아낼 수가 없다.

츄츄츄츄츄! 콰콰콰콰콰!

상황은 더욱 위험해졌다.

일엽이 단신으로 화룡도를 막아설 때, 일엽의 후방에서 화살과 창이 무더기로 날아왔다.

공간을 새까맣게 뒤덮은 화살과 창.

여불청이 표적이지만, 이건 아이들과 일엽의 목숨을 도외시한 반인륜적인 살상행위이다.

"오! 이런!"

정파의 무림인들도 이 장면을 같이 지켜보긴 했다.

하지만 그들도 몸을 움찔할 뿐, 즉각적인 조치에는 나서지 않았다.

모두가 포기하고 방관했던 그 상황.

불신의 현상이 벌어졌다.

일엽의 머리 위까지 다다른 화살이 돌연 거꾸로 날아가고 창이 진행 방향을 비틀어 용천혈지 바깥에 내리꽂혔다.

"으응?"

일엽은 후방의 정파 무인들보다 조금 더 정확히 현 상황을 파악했다.

누군가가 아이들의 앞을 막아섰고, 그와 동시에 화살과 창이 방향을 비틀어 날아갔다.

"여긴 제가 맡겠습니다. 정객께선 아이들을 데리고 어서 피하십시오."

허공에서 들려온 익숙한 음성. 담사연의 음성이다.

"아!"

일엽이 놀랄 사이도 없이 담사연이 홀연히 나타나 여불청의 앞을 막아섰다. 화룡도의 화기가 눈앞으로 날아오는 긴박한 상황이다. 담사연은 지체없이 초일광을 일으켜 전방으로 날렸다.

화르르! 픽! 화르르! 픽!

불가공법의 격돌. 효과는 확실히 있다.

초일광에 꽂힌 화염은 그 즉시 불길의 세기가 약해지며 허공으로 분산된다.

하지만 그의 이런 대응에는 한계가 있다. 여불청은 마르지 않은 샘물처럼 끊임없이 화룡도를 날리는 반면 그는 초일광을 연속으로 사용하지 못한다.

'정면 대결은 가능하지 않아. 망량으로 대적해야 해.'

그는 결정과 동시에 전방의 화염 속으로 뛰어들었다.

팟!

망량이 발휘됐다.

느려진 시공간 속에서 그는 후방부터 먼저 돌아봤다.

일엽과 항룡단이 아이들을 강제로 안아 들고 용천혈지 밖으로 피신하고 있었다.

안심이 된 그는 이제 전방의 여불청을 향해 다가갔다.

하지만 무슨 이유에서인지 그의 다가섬은 여불청의 오 보 앞에서 저지됐다.

'화룡도가 막고 있어.'

신병의 힘이 망량의 접근을 막아내고 있었다.

화룡도의 힘이 그만큼 강하다는 뜻이 되겠지만 반대로 그의 망량이 화룡도를 꺾을 만큼 경지에 오르지 않았다는 뜻도 되었다.

그의 무력은 꿈속 세월을 보낸 후로 이전과는 비교가 안 될 정도로 상승했다.

초식은 완숙하게 구사되었고, 상승 무공의 깨달음은 단번에 벽을 넘었다.

꿈의 성취가 현실로 연결된 것인데, 아쉬운 점이 있다면 그가 마음먹은 대로 망량을 길게 사용하지 못한다는 문제점이 있었다.

이는 기술의 문제도 아니고 깨달음의 문제도 아니었다. 무력 성취를 받쳐주지 못하는 내력의 문제일 수도 있는데 몽환영의 세상에서는 이런 문제점이 없었다.

그땐 화룡을 상대함에 망량은 물론이요, 망선까지도 어렵지 않게 사용했다.

'지금은 어쩔 수 없어. 화룡도를 잡을 다른 대책을 마련해야 해.'

망량의 아쉬움을 털어낸 그는 일단 화룡도의 화기부터 처리했다.

공간을 유영하듯 둥둥 날아오는 화염이다.

그는 화염의 중심을 찾아 손가락으로 콕콕 찍었다. 화염 속으로 동심원이 물결처럼 번져 나간다. 망량의 시공간 속에서는 간단한 행위이지만 현실에선 이게 화염의 분산 발화로 이어질 것이다.

그를 향해 날아오는 화염을 모두 처리하고 그가 마지막으로 여불청을 정면으로 쳐다봤을 때다. 여불청이 화염으로 물든 동공을 번뜩였다.

이 눈빛.

인간으로서 감정의 눈빛이 담겨 있다.

망량의 느린 시공간이 아니었다면 여불청이 이러한 눈빛을 보냈다는 것을 알아차리지 못했을 터다.

뇌리로 여불청의 음성이 들려왔다.

[나를 죽이고 화룡도를 소멸시켜라. 화룡도는 인간의 정신을 장악하는 저주의 마병이다. 이놈과 나를 소멸시키지 않으면 화룡을 죽인 것이 무의미해진다.]

"아!"

그는 여불청의 뜻을 알아들었다.

여불청도 지금 내적으로는 화룡도와 치열히 싸우고 있었다.

어쩌면 화룡대란 이후 계속 이렇게 내면으로 싸워왔는지도 모른다.

[화룡도에 접근이 되지 않는데 어떻게 당신을 죽일 수 있지?]

[팔룡의 보석을 찾아라. 그런 다음 와룡대에서 네가 나를 직접 상대하라. 화룡이 곧 태화기를 분출한다. 내가 인간의 정신을 가질 때는 오직 그때뿐, 나를 죽이고 화룡도를 소멸시

킬 기회를 너에게 줄 것이다.]

팟!

여불청의 말을 다 듣지 못한 상태에서 망량이 끝났다.

쿠아! 쿠아! 쿠아!

화룡도의 화염이 그의 좌우 공간으로 비켜 날아가 소화됐다.

여불청이 그를 향해 전진했다.

현실 상황에서 여불청은 화룡도에 정신이 장악된 무인일 뿐이다.

담사연은 대적을 중단하고 후방으로 물러나 일엽에게 전음을 보냈다.

[팔금석은 어떻게 되었죠? 팔금석이 화룡도와 분리된 겁니까?]

5장

용비록

　[네 생각이 맞다. 화룡이 화룡도를 뱉어낼 때, 팔금석도 원래의 모양으로 분리됐다.]

　[팔금석은 지금 어디에 있죠?]

　[군자성이 가져갔다. 그놈이 분리된 팔금석을 가장 먼저 발견했는데 갑자기 그건 왜 묻느냐?]

　[화룡도를 소멸시키려면 팔금석이 필요합니다. 자세한 설명은 나중에 하겠으니 우선 군자성이 있는 곳부터 말해주십시오.]

　[군자성은 혈마에게 쫓겨 용문전 승천원(昇天院)으로 도주

했다. 승천원은 군자성의 집무실인데 시원이로 추정되는 혈관음이 그곳에 갇혀 있다는 정보가 있었다. 그래서 서객과 전객이 그곳으로 먼저 가서 수색 중인 상태다.]

전음을 마친 담사연은 승천원으로 곧장 달려갔다.

그가 달려갈 때 현장의 무림인들은 와룡대 방면으로 물결치듯 후퇴했다.

여불청이 화룡도를 휘두르며 와룡대로 전진하고 있었다.

승천원은 어렵지 않게 찾아냈다.

백 장 밖, 불타는 전각 앞에서 먹구름 같은 흑기와 금빛의 서기가 격렬하게 충돌하고 있었다.

혈마와 군자성의 대결. 인간의 싸움이 아니었다. 악인권과 선인창이 격돌할 때마다 그 주변의 전각이 가루처럼 부서지고 있었다.

'다른 사람은?'

군자성과 혈마의 싸움이 쉽게 끝날 것 같지 않기에 담사연은 일단 척룡조부터 찾았다.

불길에 휩싸인 전각 안으로 수백 개의 석상이 쭉 세워진 통로가 있었다.

그는 그곳으로 달려갔다.

석상 통로를 따라 삼십여 장을 달려가자 용문의 무인들이 전방의 공간을 가득 메운 상태에서 누군가를 집단 공격하는 모습이 보였다.

"하앗! 하아아앗!"

쿠아아! 채챙! 투투투툭!

다수와 다수의 싸움이 아니었다.

백 대 일도 넘는 싸움.

장창을 손에 든 흑의인이 야수 같은 기합을 내지르며 용문의 무인들을 홀로 상대하고 있었다.

'양 대주?'

양소의 모습이 확인되자 담사연은 무인들의 후방을 바로 덮쳤다.

한 장소에 밀집된 무인들이다. 이런 상황을 뚫어낼 가장 효율적인 대응 수단은 난투가 아니다.

그의 신법이 달리던 중에 여덟 개로 분산되어 이중삼중으로 가속됐다.

능파보와 망혼보의 복합사용. 몽환영의 세상에서 터득한 주행공이다.

후앙! 후아앙! 후아아아앙!

통로 안에 주력(走力)의 폭풍이 휘몰아쳤다. 주력 폭풍에 휘말린 무인들은 집단적으로 쓰러지고 튕기고 날려갔다.

주행공으로 양소 앞에 단숨에 다다랐다.

양소가 공격을 하려다 말고 동작을 멈췄다. 무인들의 포진을 뚫고 온 그를 알아본 것이다.

"대주님, 괜찮으신 겁니까?"

그의 물음에 양소가 눈을 아래위로 흘겼다.

"뭐야 지금 그 말은? 내가 이딴 놈들에게 당한다고 생각한 거야?"

양소의 퉁명한 반응에 담사연은 피식 웃었다. 버거운 상황일수록 서로에게 부담되는 말은 하지 않는다. 신강의 전장에서도 늘 이랬다.

와아아아!

"죽여! 저놈도 척룡조야!"

전방에서 용문의 무인들이 다시 몰려왔다.

양소가 장창을 이단창으로 분리하고 앞으로 나섰다.

"이놈들은 내가 처리할 테니 넌 승천원 내실로 들어가 서객을 지원해줘."

"송 형이 쫓기고 있습니까?"

양소는 답변을 잠시 보류하고 이단창을 휘둘렀다. 용문의 무인들이 추풍낙엽으로 쓰러진다. 야랑과 같이 있다는 사실 하나만으로 전의가 용솟음친 듯 아주 강맹해진 양가창법을 발휘하고 있다.

일선의 적을 쫓아버린 후에 양소가 대답했다.

"응. 시원이를 찾아 승천원을 나가려고 할 때 현악이 이곳으로 쳐들어왔어."

딸을 찾았다고 하니 다행이긴 한데 의문도 같이 뒤따랐다.

용마총의 무인들이 화룡도에 온통 집중된 지금, 현악이 왜 승천원으로 들어왔다는 건가. 군자성은 또 왜 도주 방향을 이곳으로 잡았다는 건가.

"놈들이 시원이를 노린 겁니까?"

"그건 아닌 것 같아. 군자성의 집무실에 무언가 중요한 게 있었던 모양이야."

답하던 중에 양소가 이단창을 세워 들었다. 전방에서 무인들이 다시 몰려오고 있었다.

"설명할 시간 없어. 어서 서객에게 가. 자칫하면 서객의 목숨이 위험해."

양소의 말이 맞다. 지금 가장 중요한 것은 송태원의 안전이다.

담사연은 양소에게 눈인사를 전하고는 곧장 승천원 내실로 뛰어들었다.

용문 문주의 집무실이다. 내실엔 일곱 개의 여닫이문이 있다.

일일이 문을 열고 확인할 시간은 없다. 그는 달리던 속도 그대로 문을 육탄으로 깨뜨리며 그 안을 확인했다.

여닫이문을 다섯 번째로 깨뜨렸을 때다.

내실 구석에서 딸을 가슴에 안고 있는 송태원의 모습이 확인됐다.

안도하거나 여유 부릴 상황은 아니었다. 송태원을 앞에 두고 현악이 어떤 여인의 머리카락을 왼손으로 말아 잡은 채 검을 휘두르고 있었다.

"송 형!"

담사연의 음성에 현악이 반사적으로 고개를 돌렸다.

그는 탄지금을 현악에게 날려 보냈다.

타탓! 탓탓탓탓!

탄지금이 현악의 눈앞에서 잘려나갔다.

탄지금으로 현악을 잡는다는 생각은 하지 않았다. 현악의 눈을 교란해 송태원의 앞자리를 확보하고자 탄지금을 사용했다.

담사연은 송태원을 등 뒤에 두고 현악과 마주 섰다.

"응? 네놈은?"

현악이 그를 쳐다보고는 멈칫했다.

"응?"

담사연 역시도 이 순간 멈칫하는 반응을 보였다. 이유는 현악의 왼손에 머리카락이 잡혀 있는 여인 때문이었다.

'소유진!'

풍계림 전투 이후 동심맹에서 잠적됐던 소유진이 뜻밖으

로 이곳에 있었다.

그녀의 상태는 현재 아주 좋지 않았다. 상의가 온통 피로 물든 채 인사불성이 되어 있었다.

"아비객! 네놈부터 죽이리라!"

현악이 소유진을 바닥에 내던지고 그의 정면으로 바짝 다가와 검을 휘둘렀다.

공간을 가르는 시퍼런 검날. 무당파의 태극검법이다. 확실하게 처단하고자 진검으로 근접전을 펼친 것인데 이건 현악의 무림 인생에서 가장 큰 실수였다.

"……!"

현악의 검이 목을 가를 때 담사연은 물러섬 없이 제자리에서 허리를 뒤로 활짝 젖혔다.

허리가 거의 직각으로 누워 버린 자세. 현악의 검이 얼굴 위로 지나가자 그는 은빛의 눈을 번뜩이며 월광이 발휘된 오른손을 현악의 복부에 그었다.

"……!"

현악이 움찔했다. 치명적인 검상은 아니지만 승부는 이것으로 끝이다.

담사연은 젖혔던 허리를 와락 일으키며 현악의 목에 그대로 월광을 꽂아 넣었다.

"우으읍!"

현악이 피를 분수처럼 토하며 바닥에 쓰러졌다.

유언조차 남기지 못한 죽음.

무당파의 차기 장문인이 유력했던 존재로서 참으로 허망한 죽음이다.

승부가 이렇게 허무할 정도로 빨리 끝난 것은 담사연의 무력에 관한 현악의 판단이 틀렸기 때문이다.

지금의 담사연은 저격과 혼전에 능했던 아비객이 아닌, 화룡과 삼십 년 동안 끈질기게 맞서 싸웠던 용투야란 존재다.

현악이 담사연과의 승부에서 조금이라도 더 승산을 가지려면 근접 거리에서 진검으로 싸우는 태극검법이 아닌, 내력 발휘의 원거리 기검술, 태청검으로 상대했어야 한다.

"담 형! 정말 대단합니다. 현악도장을 이 초식 만에 처단하다니 내 눈으로 보고도 믿기지 않습니다."

송태원이 감탄의 말을 전하며 다가왔다.

송태원의 가슴에는 딸로 추정되는 앳된 여자아이가 안겨 있다.

담사연은 부녀의 상태를 잠시 살펴보곤 다른 물음 없이 뒤돌아섰다.

지금 그의 관심은 온통 소유진에게 향해 있었다.

소유진은 아직 정신을 차리지 못한 상태다.

그는 소유진의 상처부위를 지혈시킨 다음 그녀의 상체를

일으켜 세워 능광진기를 주입했다. 효과가 있다. 소유진이 가늘게 신음하며 눈을 떴다.

눈과 눈이 마주친다.

"으으음."

소유진의 허리가 휘청 뒤로 넘어간다.

담사연은 그녀의 몸을 급히 안아들었다. 그의 가슴에 안긴 자세에서 소유진이 떨린 음성을 흘려냈다.

"여긴 저승인가요?"

"……."

"아니면 죽기 전에 마지막으로 꾼 꿈인가요?"

풍계림에서 그에게 진심을 고백했던 소유진이다. 천이적도 그녀의 도움으로 동심맹에서 풀려났다.

그래서 담사연은 소유진과 나쁘게 얽힌 감정을 지워낸 상태였다.

"꿈도 아니고 죽지도 않았어. 너와 내가 만난 건 현실이야."

"아!"

그의 말에 소유진이 눈물을 글썽였다.

그는 기분이 묘했다. 표정만 보아도 그녀의 감정 상태를 알 수 있었다.

"험, 험."

송태원의 헛기침 소리가 들려왔다.

담사연은 소유진을 안은 자세를 풀고 그녀와 마주보고 앉아 물음을 던졌다.

"확인할 사안이 있어. 솔직하게 답해줘."

"네."

"이곳엔 어떻게 온 거지?"

"동심맹에서는 삼 개월에 한 번씩 용문으로 여성들을 보내요. 용문의 무인들을 몸으로 위로하는 선화단인데 풍계림 사건 이후 천기당주가 내 지위를 박탈하고 유녀 신분으로 이곳에 보냈어요."

그는 눈살을 찌푸렸다. 눈 밖에 났다고 해서 자기 제자를 유녀로 만들었다. 조순은 그야말로 태생적인 악인이다.

듣기에 좋은 말이 아니기에 그는 물음의 방향을 바로 돌렸다.

"용마총에 들어온 것 말고, 네가 여기 있는 이유, 그걸 물어본 거야."

"용문의 용비록을 가져오라고 천기당주가 나를 이곳으로 침투시켰어요."

"용비록? 그게 뭔데?"

"나도 잘 몰라요. 용비록은 고대 구룡족이 남긴 금단의 비서라고 하는데 용문의 문주에게는 그게 신물과도 같은 중요한 것이라고 해요."

답이 나왔다. 군자성과 현악은 용비록을 확보하고자 승천
원으로 들어왔다.

"용비록이라는 것은 어디에 있지?"

"내가 가지고 있어요. 현악이 들어오기 전에 내가 먼저 확
보해 두었죠."

소유진이 가슴 속에서 권자본(卷子本), 두루마리 양피지를
꺼내 그에게 건넸다. 일견하기에도 수천 년은 더 된 것 같은
물건이다.

송태원이 대화에 끼어들었다.

"담 형, 어서 확인해 보십시오. 군자성이 그것을 그토록 중
히 여겼으니 어쩌면 그 안에 혈관음들의 상태를 치유할 방법
이 적혀 있을지도 모릅니다."

담사연은 송태원의 심정을 이해했다.

혈관음들이 그랬듯 송태원의 딸도 현재 정상적인 모습을
보이지 못하고 있었다. 아비 된 심정으로 지푸라기라도 잡고
자 했을 것이다.

촤르르르!

양피지를 펼쳐 바닥에 내려놓았다.

"휴우."

송태원이 실망의 한숨을 바로 흘려냈다.

용비록에 적힌 글은 한자가 아니라 생전 처음 보는 문자였다.

"범어(梵語)도 아닌 것 같은데 어느 나라 문자이지요?"

송태원의 물음에 소유진은 고개를 저었다. 모르는 것은 당연하다.

그녀는 아무런 정보가 없는 상태에서 용비록을 찾아내기만 했을 뿐이다.

"담 형은?"

담사연은 이때 용비록에서 시선을 떼지 못했다. 문자를 읽는 것은 물론 아니다.

빼곡히 적힌 글자 아래에 그려진 그림이 그를 몰입시키고 있었다.

화염에 휩싸인 칼.

손가락에서 뻗어 나오는 검.

마귀의 손바닥.

신령스런 창.

사람은 없고 발자국만 찍힌 대지.

꿈꾸는 것이 역력한 사람.

이 모든 장면을 하늘에서 내려다보는 거대한 눈.

"아! 이건!"

"이럴 수가! 이게 왜"

송태원과 소유진도 뒤늦게 용비록에 그려진 그림의 의미를 이해했다.

재론의 여지가 없었다. 이건 불가공법을 묘사한 그림이었다.

담사연이 지금 무엇보다 의문스러운 것은 이것이 수천 년도 더 되어 보이는 양피지 속에서 고대 문자와 함께 발견되었다는 거다.

이것은 즉, 칠대 불가공법의 기원이 무림이 아니라는 것을 뜻함이다.

송태원이 고개를 저었다.

"나는 뭐가 뭔지 모르겠습니다. 불가공법이 다른 세상에서 유래된 무공이란 말입니까?"

혼란스러운 심정은 담사연도 마찬가지이다. 그는 용비록을 원형대로 말아서 송태원의 손에 건넸다.

"송 형이 이것을 노객에게 전해주십시오. 현재로썬 그나마 그분만이 용비록에 대해 설명할 수 있습니다."

용비록 사안이 일단락되자 그는 소유진의 손을 잡고 자리에서 일어났다.

"움직일 수 있겠어?"

"네."

소유진이 그의 눈치를 잠깐 살피곤 말을 이었다.

"오해하지 않았으면 좋겠어요. 내가 승천원으로 들어간 것은 천기당주의 명령 때문이 아니라 당신을 위해서였어요."

"……."

"당신에게 도움이 되는 무언가를 가지고 돌아가려고 했어요. 난 이제 능력도 지위도 아무것도 없는 여자이니까요."

담사연은 착잡한 눈길로 그녀를 바라봤다.

힘겨운 삶이 예정된 여인이다.

오늘의 상황이 무사히 끝난다고 해도 그녀는 용문 사태의 주범으로 취급되어 정파와 사파 어느 쪽에도 발붙이지 못한다.

"용문을 빠져나갈 때까지 내 옆에 꼭 붙어 있어. 네겐 이제 나뿐이야. 내 말 무슨 뜻인지 알겠지?"

소유진의 처지가 가련해서 위안 삼아 했던 말이다. 그런데 그의 말에 그만 소유진이 눈물을 뚝뚝 흘려냈다.

곡해하기 딱 좋은 말인데 입에서 나온 말을 다시 주워담을 수는 없는 노릇이다. 그는 곤혹한 심정으로 뒤돌아 말했다.

"너도 오해하지 마. 난 자객의 동료로서 했던 말이니까."

*   *   *

승천원 내실을 나왔다.

그동안 승천원 밖은 군자성과 혈마의 대결, 악인권과 선인 창의 격돌로 초토화가 되어 있었다.

"후아, 군자성도 대단하지만 혈마도 진짜로 강한 무인이군 요. 악인권과 맞서는 무력이라니⋯⋯. 담 형께선 혹시 혈마의 무공에 대해 아시는 점이 있습니까?"

용비록의 그림을 조금 전에 보고도 송태원은 혈마의 무공 이 선인창이라는 것을 모르고 있었다.

이건 판단력의 문제가 아니라 그만큼 혈마를 나쁘게 본 인 식의 문제였다.

무림의 청소부라고 불렸던 혈마이다. 화문당에서 보았을 때도 혈마는 살인마의 전형을 보여주었다.

그래서 송태원은 혈마가 선인이 되었다는 것을 생각조차 하지 못하고 있었다.

소유진도 관전 소감을 말했다.

"내가 보기엔 군자성이 승리할 것 같아요. 군자성의 악인 권은 격돌을 할수록 흑기가 짙어지는 반면, 혈마는 금빛의 서 기가 현저히 줄어들고 있어요."

눈에 보이는 대결 장면으로 판단하면 소유진의 주장이 옳 았다.

군자성의 무력은 혈마보다 확실히 더 강했다. 하지만 담사연은 둘의 대결에서 가시적 결과 이상의 것을 찾아내고 있었다.

몽환영의 세상에서 그가 그랬다. 그는 화룡보다 백 배는 더 약한 존재였지만 삼십 년 동안 싸우고도 살아남았다.

"염려하지 않아도 돼. 군자성이 더 강한 것은 맞지만 승자는 혈마가 될 거야."

담사연이 단언하듯 말하자 송태원과 소유진이 그를 이채롭게 쳐다봤다. 설명을 해달라는 눈빛이다.

"누가 이겨도 종이 한 장 차이로 승패가 갈리는 초인들의 싸움이야. 그런 대결에서 혈마는 죽기 위해 싸우는 반면 군자성은 살기 위해 싸우고 있어. 사는 것이 우선인 군자성으로서는 혈마를 절대 이겨낼 수 없어."

원론적인 해석이지만 송태원과 소유진은 담사연의 말뜻을 알아들었다.

격돌 과정에서 군자성은 승세를 굳힐 기회를 몇 번이나 가졌지만, 혈마가 그때마다 방어를 도외시하고 같이 죽자며 나서자 공격을 멈춘 채 물러나고 있었다.

송태원이 말했다.

"아무튼 이대로 두고 볼 수만은 없지 않겠습니까? 혈마도 어찌 됐든 척룡조의 일원이니 우리가 도와야 하지 않을까요?"

'우리'라는 송태원의 말은 과장이다. 초인들의 싸움이다. 그들의 대결에 개입할 수 있는 사람은 담사연 하나뿐이다.

"흐음."

담사연은 깊게 심호흡을 하고는 두 손을 모아 중지와 검지를 붙여 군자성을 조준했다.

손가락 끝에서 금빛의 아지랑이가 일렁인다.

일 발 격발의 초일광.

몽환영의 세상에서 터득한 초일탄이다.

화룡의 몸체를 뚫어냈던 용투야 시절보다는 위력이 약하겠지만, 지금의 초일탄으로도 금강불괴의 신체를 능히 관통할 수 있다.

초일탄 저격에 그가 완전히 집중되었을 때다.

군자성의 전신에서 흑기가 먹구름처럼 일어나 거대한 흑수로 변했다.

대악권의 발휘인데 그 순간 혈마가 금빛의 서기를 거두고 초일탄을 조준 중인 그를 진하게 응시했다.

눈빛으로 전해지는 말이 있다.

─놈의 움직임을 묶어두겠다. 나는 상관치 말고 확실히 끝을 봐라!

혈마가 선인창을 눕혀 들었다. 그리고 흑수 속으로 과감히 자기 몸을 내던졌다.

흑수의 중심에 선인창에 꽂히며 마귀의 울음 같은 괴성이 들려온다.

잠시 후 흑수와 금빛의 형체가 사라지고 군자성과 혈마가 모습을 선명히 드러냈다.

혈마는 군자성의 손에 복부가 관통되어 있고, 군자성은 혈마의 손에 목이 잡혀 있다.

혈마가 소리쳤다.

"지금이다! 이놈을 죽여!"

담사연의 손에서 초일탄이 윙윙댔다.

"이놈들이 감히!"

군자성이 초일탄의 격발을 감지하고는 혈마의 복부에서 급히 손에 빼냈다.

혈마의 뱃속에서 검은 진물이 콸콸 쏟아져 나온다.

하지만 그런 상태에서도 혈마는 군자성의 목을 풀어주지 않았다.

쿠아아아아아아!

초일탄이 굉렬한 음파를 일으키며 발출됐다.

공간을 쭉 갈라 버리는 광선.

무림 검가의 어떤 검강보다도 이게 더 강한 위력이리라.

콰앙!

군자성을 앞에 두고 초일탄이 폭발했다.

"크윽!"

담사연은 폭발의 반탄력에 피를 토하며 나동그라졌다.

고통을 느껴볼 심정이 아니다.

"누가?"

초일탄이 명중되지 않았다.

군자성의 몸을 관통하기 직전에 누군가가 초일탄을 막았다.

폭발의 빛이 사라지고 현장의 모습이 드러났다.

군자성과 혈마는 바닥에 쓰러져 있고, 그들의 중간에는 백의인, 진막강이 우뚝 서 있었다.

"당, 당신이 왜?"

담사연은 곤혹한 심정으로 진막강을 쳐다봤다.

진막강이 말했다.

"자성이는 한때 노부를 극진히 돌본 착한 제자였다. 노부의 허락 없이는 저 아이의 목숨을 거두지 못한다."

"그걸 지금 말이라고 하십니까!"

담사연은 화난 얼굴로 벌떡 일어났다.

"저자 때문에 세상이 파멸될 뻔했습니다. 이제껏 지은 죄

만 해도 하늘을 가리고도 남거늘 어찌 백 년도 더 된 묵은 연을 내세워 악인의 죄를 두둔하십니까!'

"흐음."

진막강이 무거운 한숨을 내쉬었다.

담사연의 분노는 이제 전의로 변했다.

"나는 저 악인을 절대 용서할 수 없습니다. 군자성을 살리려면 당신은 나부터 죽여야 할 겁니다."

초일광과 월광이 그의 손에서 동시에 발현됐다. 그는 진막강의 반응은 무시하고 월광과 초일광을 군자성에게 조준했다.

진막강을 상대하지 않은 것은 그의 능력으로는 대적의 방법이 없기 때문이다.

"노부의 말을 곡해하지 마라. 자성이를 살리겠다는 뜻이 아니다."

진막강이 앞으로 걸어와 오른손 펼쳐 내밀었다.

장심에서 피어오르는 아지랑이 같은 경력.

파심장의 발휘이다.

담사연은 무력 발휘를 중단하고 진막강 뒤로 물러섰다. 무림의 무공으로 불가공법을 뛰어넘는 유일한 존재이다.

진막강이 나선 이상 그가 할 일은 결과를 지켜보는 일밖에 없다.

"허락? 홍! 노망난 인간아! 본좌가 아니었으면 벌써 백골이 되었거늘 감히 누구 앞에서 개소리를 지껄이느냐!"

군자성이 노한 음성을 토하며 진막강에게 달려왔다.

상대 거리 십 장.

군자성의 육신이 거대한 흑수로 변한다.

후우우우웅!

진막강은 대악권이 휘몰아쳐옴에도 굳건한 자세를 유지했다. 눈빛조차 흔들리지 않았다.

장심에서 피어오른 아지랑이가 눈송이 같은 형체로 유형화된다.

공간이 윙윙거리고 대지가 진동하는 가운데 진막강의 회한 어린 음성이 들려온다.

─꿈의 용자는 분명히 알라. 나는 개인의 연을 앞세워 악인의 죄를 두둔하는 것이 아니다. 나의 욕망에서 악인의 씨앗이 탄생했다. 나로 인해 선인이 악인으로 변했거늘 내 어찌 악인의 죄를 남의 일처럼 여기리오. 결자해지! 나는 죄인의 심정으로 이 죄를 직접 거두어가고자 함이다.

쿠아아아!

파심장이 발출됐다.

하늘과 땅을 뒤흔들어 놓는 경력.

군자성의 흑수가 모래알처럼 부서지기 시작했다.

"카아! 본좌는 용문의 문주이며 구인회의 회주이고 천하악인의 종주이다! 절대의 권좌에 올랐거늘 누가 감히 나를… 나를… 대적하겠……."

펏!

군자성의 음성이 중단되며 흑수가 사라졌다.

진막강의 앞자리에는 뼈만 남은 해골이 서 있었다.

악인종주 군자성의 죽음.

담사연은 숨을 죽였다.

송태원과 소유진도 이 순간 숨소리를 멈추었다.

정적 속에서 진막강이 앞으로 걸어갔다.

담사연이 급히 소리쳤다.

"용문 상황이 아직 끝나지 않았습니다. 무제께서 남아 우리를 바른 길로 이끌어주셔야 하지 않겠습니까?"

진막강은 고개를 돌리지 않고 말했다.

"그렇지 않다. 노부는 이대로 떠나야 한다. 내가 이곳에 남아 있으면 용문 상황이 더 어려워진다."

담사연은 진막강의 말뜻을 이해하지 못했다.

"무제께서도 화룡도를 두려워하시는 겁니까?"

진막강이 걸음을 멈추고 뒤돌아섰다.

"화룡도가 두려운 것이 아니라 내 자신이 두려워서 그런다."

"무슨?"

"화룡도는 인간의 정신을 장악하는 마병이다. 나는 지금 매순간 기억이 상실되고 있을 정도로 정신의 힘이 빈약하다. 이런 내가 화룡도에 정신이 매몰된다면 화룡대란만큼 천하가 위험해지지 않겠느냐."

"아!"

진막강의 뜻을 담사연은 뒤늦게 알아들었다.

획! 획!

두 가지 물건이 그에게 날아왔다.

지주망기와 팔금석이다.

지주망기는 손으로 던졌지만, 팔금석은 해골의 목에 걸린 것을 진막강이 허공섭물로 끌어당겨 그에게 날려 보냈다.

"노부가 보기에 화룡도의 마성을 이겨낼 사람은 너밖에 없다. 이 땅에 악의 기물이 다시는 준동하지 못하도록 부디 화룡도를 소멸시켜 주기 바란다."

진막강의 모습이 시야에서 아득히 멀어졌다.

기억을 상실해 가는 절대무적의 초인.

다시 만나게 된다면 어쩌면 그땐 자신의 이름조차도 모를 가능성이 있다.

"휴우."

담사연은 진막강에 관한 감정을 정리하곤 송태원과 소유진을 돌아봤다.

두 사람은 아직도 멍한 기색이었다.

그 심정 모르지 않지만 무작정 이곳에 머물러 있을 수는 없다. 와룡대 상황은 군자성 처단보다 더 중요한 사안이다.

"갑시다, 와룡대로."

와룡대로 향하던 담사연은 문득 걸음을 멈췄다.

악인권에 신체가 관통된 혈마가 아직 현장에 남아 있는 것이다.

그가 돌아보자 혈마가 몸을 비틀대며 일어났다.

─선인 같은 악인은 죽고, 악인 같은 선인은 살아남았도다. 와룡대에서 보자. 내가 죽을 자리는 이곳이 아니었던 모양이다.

전음을 보낸 후에 혈마가 와룡대 방면으로 터벅터벅 걸어갔다.

악인권에 신체가 관통된 혈마이다. 추정컨대 혈마 역시도 죽음을 앞두고 있다.

혈마의 뒷모습을 본 담사연은 기분이 묘했다.

생즉사 사즉생.

살고자 하면 죽고, 죽으려고 하면 살아남는다.

두 가지 길 중에서 그는 현재 어느 길을 향할까.

하늘을 올려다본다.

여인의 모습이 용마총의 암석 위에 그려진다.

그는 피식 웃었다.

"걱정 마, 이추수. 너를 남겨두곤 난 절대 안 죽어."

소유진이 그의 중얼거림을 듣곤 바짝 다가왔다.

"추수? 누구죠? 그분도 척룡조인가요?"

"흐음."

그는 소유진의 눈길을 피해 앞으로 걸어갔다.

"야랑! 야랑!"

소유진이 그를 다급히 불렀다.

이추수에 관한 물음이라고 생각해 그는 무시하려고 했다.

그런데 이어지는 말은 그게 아니었다.

"야랑! 저기를 보세요!"

소유진이 와룡대 방면의 하늘을 가리켰다.

해질녘이 아니건만 그곳 하늘이 온통 붉어지고 있었다.

쿠어! 쿠어! 쿠어어어어!

가슴을 후벼 파는 울음소리도 들려왔다.

이 울음.

꿈속에서도 듣기 싫은 화룡의 울음이다.

송태원이 말했다.

"이건 태화기인 것 같습니다. 화룡이 드디어 생을 마치려는 모양입니다."

담사연의 생각도 같았다. 화룡은 일만 년의 생을 마칠 때 태화기를 발산한다고 했다.

용마총이 붉은 기운으로 덮인 것은 그 태화기의 영향일 터다.

담사연은 와룡대로 달려갔다. 송태원과 소유진도 같이 달렸다.

경신술에서 서로 간에 현격한 차이가 있자 그는 두 사람을 돌아보곤 말했다.

"아무래도 내가 먼저 가봐야겠습니다. 그래도 되겠지요?"

"물론입니다. 우리는 상관치 말고 어서 가보십시오."

그가 와룡대로 전속 질주를 하려고 할 때였다.

"잠깐만요."

소유진이 그를 불렀다.

"와룡대로 가시거든 동상 안에 한번 들어가 보세요. 그 안에 혈관음이 한 명 더 있어요."

"혈관음?"

"네, 용비광장에서 홀로 배회하던 아이인데 승천원으로 침투하기 전에 내가 동상 안에 숨겨두었어요. 만나보시면 알겠지만 그 아인 아주 특이해요. 다른 애들과 다르게 대화도 가능하니 화룡도에 대해 무언가 알려줄지 몰라요."

동상 안에 있는 혈관음.

중요한 사안도 아니고 어렵게 처리할 일도 아니다.

그는 소유진의 말을 기억해 두곤 와룡대로 달려갔다.

6장

신병계약(神兵契約)

용마총 와룡대.

하늘이 온통 붉다. 용마총의 암벽과 대지도 붉고, 와룡대로 모여든 인간들까지도 붉게 물들어 있다.

세상을 붉게 물들인 이 기운의 진원지는 용암 속에서 울부짖는 화룡이다.

화룡의 몸체가 녹을 때마다 붉은 기운이 구름처럼 피어나 공간 속으로 번져 가고 있다.

쿠어! 쿠어! 쿠어어!

용이 길게 울부짖는다. 이 울음에는 인간의 정신을 억압하는 사이한 마력이 담겨 있다.

와룡대에 모인 무인들은 용의 최후를 지켜보고 있음에도 내심 불안감에 떨고 있다.

화룡의 죽음으로 끝이 날 상황이 아닌 것 같다. 용을 죽인 인간의 무엄한 행위로 말미암아 불지옥의 세상이 도래할 것만 같다.

불안감에서 논외의 존재는 와룡대 중앙 자리에 우뚝 서 있는 여불청이다.

여불청은 화염을 일렁이는 화룡도를 땅에 꽂은 채 전방의 무인들을 묵묵히 주시하고 있다.

여불청을 향한 공격은 현재 중단되어 있다. 여기까지 오는 동안 무인들은 화룡도의 무서움을 여실히 겪었다.

무공의 수준을 떠나서 누구도 화룡도의 상대가 되지 않았다.

절망의 평원에서 화룡에 맞서 절정 고수의 위용을 떨쳤던 무당파와 화산파의 장문인도 여불청과의 대적에선 일방적으로 몰린 끝에 화룡도의 사정거리 밖으로 몸을 피해야 했다.

여불청이 아무리 고수였다고 해도 자체 무력으로는 이러한 결과가 나올 수 없다.

이건 화룡도의 힘이다. 화룡도가 여불청을 대적불가의 무적 초인으로 만든 것이다.

화룡도를 소유하는 자, 무적 초인이 된다!

인간의 탐욕은 때때로 섬뜩할 정도의 무서운 용기를 불러 일으킨다.

그래서 와룡대에 집결한 무인들은 여불청과 싸우는 것을 두려워하면서도 화룡도 쟁취의 의욕을 꺾지 않는다.

화룡의 울음 속에서 느껴지는 정체 모를 불안감도 이 탐욕보다 앞서는 감정은 될 수 없다. 중단된 전투가 다시 시작된다면 그땐 아마도 종파를 불문한 탐욕의 쟁탈전이 벌어지고 말 것이다.

카아악! 카아악! 카아아아악!

용의 울부짖음이 발악적으로 들려온다. 이전의 울음과는 근원적으로 다르다.

이건 용의 사멸음이다.

용암이 물결치며 치솟아오른다.

치솟은 용암은 용의 형상으로 변해 이리저리 율동하다가 공간을 메아리치는 사멸음과 함께 붉은 빛살, 화염광을 폭발시킨다.

꽝!

용마총이 화염광에 완전히 뒤덮인다.

이 빛살에서 자유로운 인간은 아무도 없다.

어디에 있든, 무엇을 하고 있든 모두가 화염광에 신체가 관통된다.

화르르르!

여불청이 불타는 화룡도를 세워 들고 소리친다.

"화룡도는 신의 병기! 신병을 탐하는 자는 전부 죽이리라!"

와아아아!

여불청의 말에 이어 와룡대 무인들이 전원 병기를 뽑아 들고 뛰쳐나간다.

탐욕으로 물든 표정.

종파 구분 없는 화룡도 쟁탈전이 시작된다.

전방의 무인들을 무참하게 학살하던 여불청이 문득 멈칫한다.

무인들의 후방, 용문전 방향에서 누군가가 무서운 속도로 달려오고 있다.

팟!

늘어지는 공간.

인간들의 움직임이 거북이처럼 느려진다.

망량의 발휘이다.

망량의 시공간 속에서 여불청이 눈을 반짝인다.

용의 종자가 아닌 인간의 눈빛이다.

─왔느냐, 용자!

*   *   *

'태화기!'

화룡의 사멸음을 들으며 와룡대로 들어서던 그때, 담사연
도 화염광에 신체가 관통당했다.

태화기로 추정되는게 머릿속에 거머리가 달라붙은 것처럼
느낌이 아주 안 좋았다.

담사연 자신만 이상 증후가 있는 것은 아니었다. 화염광이
발산된 후로 와룡대의 무인들은 종파 불문, 고수 하수를 떠나
서 모두가 불 속에 뛰어드는 나방처럼 화룡도를 향해 달려갔
다.

'이건 정상이 아냐. 예전에도 이랬어.'

화염지옥의 세상에서 인간들은 화룡과 싸울 때 방어를 도
외시하고 무작정 달려들었다.

처음에는 그게 세상을 파멸시킨 화룡을 향한 인간들의 분
노라고 여겼다. 하지만 오랜 세월을 화룡과 싸우다 보니 인간
들의 그 행위가 단순히 분노의 표현만은 아니란 것을 알게 되
었다.

인간들의 무조건적인 공격은 화룡이 유도한 것이었다. 주술에 걸린 것일 수도 있고 마법이 구동된 것일 수도 있었다. 화룡에겐 그러한 능력이 충분히 있었다.

현재, 와룡대의 무인들이 그런 모습을 또다시 보이고 있었다.

남의 생명이라고 이 상황을 방관할 수는 없었다. 그의 눈에 보이지 않는 곳에서 척룡조들도 화룡도를 향해 달려가고 있을지도 몰랐다.

'여불청! 여불청은 알고 있을 거야.'

상황이 급박했다. 전방은 이미 화룡도의 불길로 뒤덮이고 있었다.

그는 능파보의 속도를 최대한으로 높인 다음 망량으로 바로 변화시켰다.

팟!

망량의 시공간이 눈앞에 펼쳐졌을 때다.

─왔느냐, 용자!

영혼의 울림 같은 음성이 들려왔다.

그는 여불청을 주시했다.

여불청은 화룡의 종자가 아닌, 인간으로서 이성적인 눈빛을 보내오고 있었다.

　─팔금석을 가져왔느냐?

입으로 전하는 말이 아니다.
눈으로 전하는 말이며, 뇌리 속으로 바로 들려오는 음성이
다.

　─네.
　─다행이구나. 조금만 더 늦었다면 나는 화룡의 종자로서
영원히 살아가게 되었을 것이다.

여불청은 화룡이 소멸될 때 아주 잠깐 본래의 정신을 차린
다고 말했다.
망량의 느려진 시공간이 아니었다면 여불청과 이러한 대
화를 해볼 시간도 가져 보지 못했을 것이다.
의문스런 점이 많기에 이번에 그가 먼저 물었다.

　─사람들이 이상합니다. 혹시 화룡이 수작을 부린 겁니까?
　─그러하다. 화룡이 소멸될 때, 인간의 정신을 탐욕에 물들
게 하는 강령 마법을 태화기에 담았다. 일만 년을 살아간 화

룡의 마지막 힘이다. 와룡대 현장에서 태화기를 맞은 인간들은 누구도 이 마력의 영향에서 벗어날 수 없다.

―하면 어찌해야 합니까?

―화룡의 마력이 지속되는 건 화룡도 때문이다. 화룡은 소멸되었지만 놈의 혼력은 아직 화룡도에 붙어 있다. 시간이 지날수록 인간들의 희생과 더불어 놈의 혼력은 더 강해진다. 하니 화룡도가 화룡의 영혼을 가진 완전체 마병이 되기 전에 폐기시켜야 한다.

화룡도 소멸이 역시 최대 문제이다.

이것을 소멸시키지 않고서는 화룡이 죽어도 화룡대란의 상황은 끝난 게 아니다.

―마병을 어떻게 소멸시키지요?

―화룡도를 적광로 용암에 넣어 완전히 녹여야 한다.

―인간은 화룡도의 열기를 감당할 수 없습니다. 화룡도를 손으로 잡을 수 없는데 어찌하란 말입니까?

―팔금석을 사용하라. 팔금석을 화룡도에 그냥 걸어둔 이전의 사용법은 잘못되었다. 희생 없이는 화룡도를 소멸시킬 수 없다. 팔금석을 목에 걸고 화룡도를 직접 잡아 용암에 넣어야 한다.

─당신이 용암 속에 던져 넣으면 안 됩니까?

─불가능하다. 나는 화룡과 신병 계약을 맺은 용의 종자(從者)이다. 종자는 죽어서든 살아서든 그 계약을 절대 파기할 수 없다.

─반드시 내가 해야 합니까?

─너라고 단정하지는 않았다. 하지만 지금으로써는 너 이외에 마땅한 대상이 없다. 화룡도에는 탐욕의 마력이 걸려 있다. 제아무리 심지가 굳건해도 인간은 화룡도를 손에 들면 탐욕에 빠지게 된다.

─나는 왜 괜찮다는 겁니까? 나도 물욕을 가진 인간이긴 마찬가지입니다.

─화룡도에 걸린 마법은 화룡의 시대에 살아간 인간들이 주로 걸린다. 너는 화룡의 미래 시대에 없던 존재이니 정신력만 강하면 이 마력을 이겨낼 수 있다.

─네?

그는 대화를 중단했다.

여불청이 시공결에 대해 알고 있었다.

─내가 시공인이라는 것을 어떻게 아셨습니까?

─화염지옥은 인류의 예정된 미래였다. 그 세상을 네가 막

았다. 미래를 바꾼 존재가 아니고서는 그런 일은 절대 벌어지지 않는다.

—아!

—화룡은 죽기 직전에야 그 사실을 알았다. 나는 화룡과 연결되어 있다. 화룡의 눈을 통해 네가 시공인이라는 것을 알게되었다.

대화의 논제는 시공결로 잠시 이어졌다. 시공결을 겪은 유일한 두 사람이다. 서로를 바라보는 감정이 남다를 수밖에 없다.

—나의 시공결은 끝이 났지만 너의 시공결은 이제부터 시작이다. 희망의 삶은 기대하지 마라. 천운이 있어 오늘의 상황을 무사히 끝마친다고 해도 너는 결국 나처럼 불운한 삶을 살게 될 것이다.

—당신의 불운한 생을 나에게 강요하지 마십시오. 당신과 나는 다른 인생입니다. 나는 당신처럼 비참한 삶을 살지 않을 것입니다.

—글쎄 과연 그럴까? 시공결은 축복이 아니다. 운명을 되돌린들 인간의 삶은 나아지지 않는다. 역행자의 삶에는 준엄한 심판이 따르며 그 대가는 평생토록 역행자와 그 주변인의

삶을 괴롭힌다. 나는 내 운명을 바꾼 것을 진정으로 후회한
다.

　여불청이 말을 중단하고 그를 깊이 응시했다.
　침묵의 눈길 속에서 망량의 시공간이 크게 흔들렸다.
　망량의 한계에 다다른 것.
　여불청도 이 사실을 알고 있는 듯 서둘러 끝맺음의 말을 전
했다.

　─망량이 끝나면 너는 곧장 나에게 달려오라. 내가 인간의
정신으로 너를 맞이하겠다. 이왕이면 최강의 무공으로 처리
해 주길 원한다. 나는 화룡의 종자가 아닌 사중천주 여불청으
로 죽고 싶다.

　사물의 움직임이 빨라지기 시작했다.
　여불청이 화룡도를 세워 들었다.

　─자, 준비되었으면 오라!

팟!
망량이 끝났다.

와아아아!

광란의 현장이다.

무인들이 광분한 모습으로 여불청을 향해 달려가고 있었다.

담사연은 빠르게 뒤로 물러났다.

최강의 무공으로 상대해 달라고 했다.

그것을 들어줄 생각이다.

여불청과의 거리가 오십 장으로 멀어졌다.

그는 가속 거리가 확보되자 전방의 여불청을 향해 일직선으로 달려갔다.

후아아앙!

능파보와 망혼보의 복합 사용, 주행공이다.

그가 달려가는 길을 따라 주력의 폭풍이 휘몰아친다.

무인들이 집단으로 쓰러지고 튕기고 날려간다.

"하아아!"

여불청과의 거리 십 장.

그는 달리던 상태에서 선인지로의 초식으로 초일탄을 일으켰다.

쾅!

강렬한 폭음과 함께 빛이 번쩍였다.

대지가 뒤흔들렸고 주변의 무림인들이 충격파에 휩쓸려

한꺼번에 나동그라졌다.

여불청과 담사연은 육체가 붙은 채로 동작이 정지되었다.
담사연의 오른손이 여불청의 심장을 관통해 있었다.

여불청이 물었다.

"멋지군. 이 무공은?"

담사연은 여불청의 가슴에서 오른손을 빼냈다.

"초일섬. 화룡을 상대하면서 터득한 초식입니다."

여불청이 희미하게 웃었다.

불운의 생을 벗어던진 자유인의 미소이다.

"고맙다, 무인으로 죽게 해줘서. 저승에서도 네 은혜는 잊
지 않으마."

쿵!

여불청이 바닥에 쓰러졌다.

죽은 이후에도 여불청은 화룡도를 손에서 놓지 않고 있었
다.

담사연은 여불청의 주검을 잠시 내려다봤다.

군자성도 죽고 여불청도 죽었다.

무림을 오랫동안 지배한 사람들이지만 두 명 다 비참하게
생을 마쳤다.

이들이 이러한 결과를 맞이한 것은 권력과 무력에 지나치
게 집착했기 때문이다.

무림인들에게 권력과 무력이 그렇게 대단하고 중요한 것인가?

그는 힘의 논리로 지배되는 무림이란 세계에 새삼 회의가 들었다. 자유의 몸이라면 당장에라도 무림을 떠나고 싶은 심정이었다.

와아아아!

전방에서 무인들이 다시 몰려왔다.

이번엔 그가 표적이다.

화염지옥의 마지막 전투가 뇌리에 떠오르고 있다.

인간들은 그때도 이런 모습으로 그에게 달려들었다.

기분이 더러워진다.

"진짜로 모조리 죽여 버리고 싶군."

그는 화룡도를 내려다봤다.

화염을 일렁이는 불의 칼.

그를 유혹하듯 칼날이 윙윙대고 있다.

정말 손에 들어도 괜찮을까?

팔금석은 목에 걸린 상태다. 그는 혹시 몰라 빙룡갑도 착용했다.

빙룡갑으로 화룡도를 잡을 수 있을지 모른다고 이능이 말을 했다.

화룡도의 위력을 실감한 그로서는 솔직히 그 말이 믿기지 않는다.

빙룡갑뿐이었다면 그는 절대로 그런 모험을 하지 않을 것이다.

무인들이 십 장 앞까지 몰려왔다.

이제 결단할 때다.

그는 화룡도의 칼자루를 손에 잡았다.

화르르!

칼날에서 불길이 확 일어난다.

"으으."

그는 이를 악물었다.

발끝부터 머리끝까지 불에 타버리는 것 같다.

—용자여! 그대의 영혼을 나에게 맡겨. 그리하면 불멸의 삶과 세상을 지배할 불의 신력을 너에게 주겠어.

신병과 인간의 계약.

유혹의 울림이 뇌리로 들려온다.

"닥쳐! 난 마병 따위에 굴복하지 않아!"

그는 핏발이 선 눈으로 소리친다.

파멸의 시대에서 인간성의 종말을 보았다.

화염지옥을 겪지 않았다면 마병의 유혹에 넘어갔을지도

모른다.

우우우웅!

그가 신병 계약을 거부하자 화룡도에서 강렬한 불길이 치솟는다.

뜨겁다. 심장이 재가 되고 뇌리가 녹아내릴 것만 같다.

하지만 그런 미증유의 열기 속에서도 그는 화룡도를 손에서 놓지 않는다.

"저놈을 죽여!"

"우우! 화룡도는 나의 것이다!"

무인들이 탐욕에 젖은 얼굴로 그에게 달려든다.

사방은 온통 도검.

싸우지 않을 수 없다. 아니, 충분히 도망갈 수 있지만 그는 그러지 않는다.

누구를 위해 마병을 손에 들었던가. 불의 고통을 겪는 원인이 무엇인가. 바로 마병을 욕심내는 저들의 생을 위해서가 아니던가.

"은혜를 모르는 놈들! 네놈들을 모조리 불태워 죽이리라!"

그는 불의 칼을 휘두르며 전진한다. 비명이 줄을 잇고 살을 태우는 냄새가 천지를 진동하지만 무인들은 그런 불지옥 상황에서도 공격을 멈추지 않는다.

화르르, 콰앙! 화르르, 콰앙!

인간들의 무모한 도전에 그는 분노의 칼을 거듭 휘두른다.

죽이고, 또 죽이고, 화룡도를 사용할 때마다 수십 명이 죽어 나가지만 양심의 가책 같은 것은 느껴지지 않는다.

이건 정상적인 그의 모습이 아니다. 탐욕이 분노로 대체된 현상.

탐욕은 이겨낼 수 있었지만 고단했던 삶에서 가슴에 잠재된 분노는 다스리지 못한 것이다.

"아비객! 화룡도를 내놔라!"

콰아악!

허리가 화끈하다. 누군가가 등 뒤에서 검을 찔렀다.

몸을 태우는 고통에 비교하면 이 정도 검상은 아픔도 아니다. 그는 자신의 등을 찌른 인간을 처단하고자 고개를 돌린다.

낯익은 얼굴.

그의 원수인 매불립이다.

"이놈!"

그는 매불립의 머리로 화룡도를 내려친다. 매불립이 검을 들어 막지만, 막는 순간 검은 부서지고 매불립은 바닥을 구른다.

그는 불꽃을 활활 태우는 동공으로 매불립을 노려본다.

놈의 악인권에 전우들이 가루가 되던 장면이 뇌리에 떠오른다.

전우들의 울부짖는 비명이 귀가로 들려온다.

"매불립! 네놈은 뼈도 남기지 못하리라!"

복수의 칼!

그는 불길이 치솟는 화룡도를 세워든다

"우우!"

매불립이 비명을 지르며 도망간다.

쿠르르르!

매불립의 뒷머리로 화염이 무자비하게 쏟아진다.

"아악!"

매불립과 그 주변의 무인이 몽땅 화염에 휩싸인다.

"죽이리라! 망월단을 해친 네놈들을 모조리 불태워 죽이리라."

들불 같은 화염이 온 사방에 휘몰아친다. 화염 때문에 매불립의 생사가 확인되지 않지만 그는 화룡도를 휘두르며 계속 전진한다.

이 순간 그의 눈에는 무인들의 모습이 전부 매불립으로 보인다.

이십 여장을 그렇게 광기 어린 전진을 했을 때다.

"화룡도를 내게 줘!"

전방에서 화염을 뚫고 누군가가 달려든다.

그는 오른손을 내밀어 그 인영의 목을 잡는다. 그 상태에서 목을 비틀어 버리려고 손아귀에 힘을 줄 때다.

"아!"

그는 본능적으로 멈칫했다.

이 얼굴.

풍월관주 천이적이다.

"화룡도는 내 거야!"

픽!

천이적의 주먹이 가슴을 타격했다.

고통? 아픔?

그런 것은 하나도 느껴지지 않았다.

정신이 돌아온 지금, 그는 너무 괴로워서 미쳐 버릴 것 같은 심정이었다.

주변은 온통 불에 탄 사체.

화룡도의 마성에 홀렸다고 하지만, 이 살상 행위는 분명 그가 한 짓이었다.

"아아!"

분노의 행위 다음으로 전의 상실의 괴로움이 밀려왔다. 무엇 때문에 이렇게 살상 행위를 했던가.

이런 짓을 벌이고도 어떻게 군자성과 매불립 같은 악인을 욕할 수 있단 말인가.

그는 손에 들린 화룡도를 내려다봤다.

이건 인세에 존재하면 안 되는 저주의 병기이다.

"으아아아!"

그는 참담한 심정으로 단애를 향해 뛰어갔다. 무인들이 그의 등 뒤로 새까맣게 달라붙었다. 와룡대 단애 끝에 도착했다.

발 밑, 오십 장 아래의 바닥에는 용암이 부글부글 끓고 있었다.

그는 화룡도를 높이 들었다. 화룡도가 화염광을 발산하며 윙윙댔다.

용암 속으로 던지지 말라고 소리치는 것 같았다.

"저주의 기물! 넌 나를 막을 수 없어! 난 너에게 굴복하지 않아! 다시는 인간 세상에 출현하지 마!"

그는 발악적으로 소리치며 화룡도를 단애 아래로 내던졌다.

용암에 잠긴 화룡도는 화룡이 그러했듯 울부짖는 괴음을 토하며 화염광을 마구 발산시켰다.

잠깐의 시간이 흐른 후, 화룡도가 용암 속으로 자취를 감추었다.

가슴이 뻥 뚫린 것 같은 공동감이 밀려든다.

그는 무릎에 힘이 풀려 바닥에 털썩 주저앉았다.

심해 같은 정적 속에서 그는 문득 뒤를 돌아봤다.

무인들이 전부 바닥에 드러누워 있었다.

화룡도가 소멸되며 화룡이 죽기 전에 걸어둔 마력에서 풀려 나온 것 같았다.

그는 용마총의 하늘을 올려다봤다.

푸른색이었다.

하늘 위로 여인의 모습이 그려진다.

이추수.

그녀가 눈앞에 있다면 그는 이런 말을 했을 것이다.

"이제 더는 나를 걱정하지 않아도 돼. 화룡대란은 끝났고, 난 살아 있어. 우린 곧 만나게 될 거야."

7장

화룡도 부활

무림인들이 하나둘씩 정신을 차리기 시작했다.

깨어난 무인들은 종파를 불문하고 입을 굳게 다물었다.

시체로 뒤덮인 현장. 참혹한 결과는 둘째 문제이다. 화룡도를 두고 집단적인 광기를 보였다.

무림인으로서 오늘의 일은 죽을 때까지 수치스러워해야 할 터다.

무인들이 참담한 심정으로 아무것도 하지 못하고 있을 때 담사연은 와룡대 현장을 돌아다니며 척룡조를 찾았다.

일엽과 구중섭은 와룡대 서쪽에서 발견했고, 유연설과 송태원은 남쪽에서 찾았다.

양소는 북쪽 단애 앞에 멍히 서 있었는데 그곳 근처에서 바닥에 쓰러진 천이적을 보았을 때 담사연은 안도의 숨을 크게 내쉬었다.

다행히 천이적이 살아 있었다. 만약 천이적이 그의 손에 죽었다면 그는 평생을 죄책감에 시달리게 되었을 터다.

척룡조를 와룡대 동상 앞에 모아둘 때 밀리언과 소유진도 찾아내어 같은 자리에 머물게 했다. 그들은 연고가 없는 사람들이었다. 용마총을 빠져나갈 때까지는 그가 돌봐주어야 했다.

척룡조 중에서 자기 할 일을 찾아내어 가장 먼저 움직인 사람은 유연설이었다.

유연설은 와룡대 현장을 돌아다니며 혈관음들을 하나둘 찾아 모았다.

송태원의 딸 송시원을 포함해서 척룡조가 용비광장에서 직접 구해낸 혈관음은 아홉 명이다.

그런데 유연설이 와룡대 현장을 돌아다니며 혈관음을 찾아보니 의외로 다섯 명이나 더 있었다.

어쩌면 이보다 더 많은 숫자의 혈관음이 와룡대 현장에 있을지도 몰랐다.

혈관음들은 현재 몸 상태가 아주 안 좋았다. 몸에서 열꽃이 피고 식은땀을 줄줄 흘렸다.

혼수상태에 빠져 있었고 나중에 찾아낸 혈관음 중에는 사망 직전에 이른 아이도 있었다. 유연설이 치료에 노력을 다했지만 소용이 없었다. 유연설은 이것을 태화기가 원인이 되었다고 추정했다.

아이들의 몸을 돌보는 과정에서 유연설이 담사연을 은밀하게 불렀다.

둘만의 자리에서 그녀는 화룡의 용종에 관한 비밀스런 말을 전해주었다.

"용은 생을 마칠 때, 자신의 화신을 세상에 남겨요. 용신체, 혹은 용종(龍種)이라고 부르는데 부화하기까지 아주 오랜 시간이 걸리고, 또 인세에서 워낙에 가치가 높은 보물이기에 대개의 경우 정상적으로 태어나지 못하고 자연적이거나 또는 인위적으로 사멸돼요."

용에 대해서 사전 지식이 없는 상태다.

용종에 관한 유연설의 설명이 어렵게 들릴 뿐만 아니라 그에게 이런 말을 전하는 그녀의 의도도 그로선 잘 이해되지 않는다.

"내게 왜 그런 말을 하는 겁니까?"

"화룡은 일만 년을 살아간 대성룡이에요. 그런 존재가 자신의 화신을 남기지 않았을 리가 없어요. 그 화신은 용종 중에서도 으뜸인 태룡종(太龍種)이에요. 인간의 입장에서 보면 저주의 씨앗이죠."

"하면 어떡해야 합니까?"

"찾아내서 소멸시켜야 해요. 화룡의 태룡종이 악인의 손에 들어가면 무림은 전대미문의 최강자를 마인으로 맞이하게 돼요. 실감이 잘 안 되면 군자성을 예로 들죠. 군자성이 태룡종을 얻게 되면 용체로 환골탈태를 이루어 단박에 악인권의 극한 경지에 오를 거예요."

그는 허탈한 숨결을 내쉬었다.

정말 징그러운 화룡이다. 죽이고 또 죽여도 되살아나는 망령처럼 본체를 녹이고 화룡도를 소멸시켰음에도 인세를 위협하는 잔재가 또 남아 있다.

"태룡종, 화룡의 용종은 지금 어디에 있죠?"

"그건 나도 몰라요. 용종은 화룡이 소멸된 한참 후에 인세에 나타나요. 다만, 용란으로 용종의 장소를 추적해 볼 수는 있어요."

"용란? 그건 또 뭐죠?"

"용종을 부화시키는 용의 꽃. 용의 기운을 가진 모체를 일컬어요. 용란의 소유자는 때가 되면 필연적으로 용종을 찾아가게 되어 있어요."

그는 유연설의 말을 뇌리에서 잠깐 정리해 본 다음 다시 물었다.

"하면 그 용란이란 것은 누가 가지고 있지요?"

"내 생각으론 현음지화중화대법을 펼친 혈관음 중의 한 명이 소유하고 있는 것 같아요. 화룡이 태화기를 발산하며 소멸될 때 용란이 스며들었지요."

"혈관음 중에 누구?"

"용의 기가 진하게 느껴지는 두 명이 있어요. 주여홍이란 아이와 송태원의 딸인 송시원이에요. 하니, 이 애들은 앞으로 당신과 내가 요주의해서 관리하고 살펴봐야 해요."

"네."

"참고로, 지금 내가 한 말은 당신과 나만 알고 있도록 해요. 용종이 존재한다는 것이 알려지면 천하는 화룡도 쟁취에 못지않은 큰 혼란을 겪게 될 거예요."

"무슨 뜻인지 잘 알겠습니다. 용종에 관해서는 조원들에게도 말하지 않겠습니다."

그는 둘만의 비밀로 하자는 유연설의 뜻에 공감했다. 오늘의 상황이 끝나면 강호를 떠날 생각이지만, 그렇다고 해도 용종으로 인해 강호가 또다시 화룡도 사태처럼 혼란을 겪는 것은 원치 않았다.

"참, 악인이 용종을 취하게 되는 최악의 경우라면, 차라리 용란이 용종을 부화시키도록 그냥 놔두세요. 화룡이 탄생한다고 해도 세상이 위협받는 것은 어차피 먼 훗날의 일이에요. 우리 시대의 사람들이 걱정할 일은 아니에요."

용종에 관한 유연설의 마지막 말이다.

그는 이 말에 대해선 어떤 대답도 하지 않았다. 너무 멀리 내다보고 걱정한 유연설의 말이었다.

용종의 실체가 아직 확인되지 않았고, 또 그것을 노리는 악인이 있는지 없는지 현재로썬 알 수 없는 상태였다. 생각이 많으면 배가 산으로 간다. 용종에 관해서는 이 정도에서 정리하는 것이 옳았다.

그는 화제를 돌려 유연설에게 승천원에서 찾아낸 용비록에 대해 물었다.

유연설은 송태원을 통해 용비록을 전달받은 상태인데 아쉽게도 그녀 역시 그것에 관해서는 설명을 하지 못하고 있었다.

"용문의 문주에게만 계승되는 금서예요. 용비록을 눈으로 본 것은 나도 오늘이 처음이에요. 참, 그 문자는 상고시대의 문명인들이 사용하던 훈어(訓語)인데 나는 해석을 못해요. 강호로 나가면 배교의 술사들을 찾아가 보세요. 내가 알기로 배교의 기원은 상고시대까지 올라가요. 그들은 아마도 해석이 가능할 거예요."

배교인들은 용마총을 떠난 상태다. 아쉽지는 않았다. 그는 이제 구속이 없는 자유의 몸이었다.

보타산의 배교가 아니라 서장이라고 해도 찾아갈 수가 있었다.

유연설과 대화를 마치고 혼자 된 몸으로 와룡대 동상을 바라볼 때였다.

동상 안에 들어가 보라는 소유진의 말이 문득 떠올랐다.

유연설을 그곳에 들여보내자니 그녀는 혈관음 치료에 바빠 몸을 움직일 형편이 아니었다.

그는 그곳으로 직접 향했다. 와룡대 중앙 하단에 철문이 하나 있었다.

잠겨 있지 않았다. 손으로 밀자 철문이 텅 하고 열렸다. 사방이 막힌 곳이기에 실내는 상당히 어두웠다. 그는 철문 안으로 들어가다 말고 문득 멈춰 섰다.

음습하고 비릿한 공간.

예전에 화문당에서도 이런 찜찜한 느낌을 가져본 적이 있다.

그는 바랑에서 화섭자를 꺼내 불을 밝혔다.

"이런!"

실내를 돌아본 그는 쓴 음성을 뱉어냈다. 여자아이들의 시체가 실내 바닥에 깔려 있었다. 이 아이들도 전부 혈관음이었다.

그는 새삼 화가 치밀었다. 대체 용문에서는 아이들을 얼마만큼 희생시켰다는 건가.

아이들의 사망 시점은 얼마 되지 않았다. 죽은 상태임에도 몸에서 열기가 감지되는 아이들까지 있었다.

그는 혹시 싶어 생존한 아이들을 찾아다녔다. 감옥 같은 실내 구조인데 이리저리 둘러봐도 숨이 붙어 있는 아이는 없었다. 그렇게 동상 끝에 거의 다다랐을 때였다.

"……!"

동상 끝 실내 구석에서 작은 눈이 반짝거렸다.

생존한 아이.

아이는 구석에 무릎을 굽히고 앉아 바들바들 떨고 있었다.

그는 아이의 앞으로 다가가서 말했다.

"안심해도 된다. 아저씨는 나쁜 사람이 아니란다."

아이가 고개를 들어 그를 빤히 쳐다봤다. 창백한 안색이지만 귀여운 아이였다. 왼쪽 뺨에 보조개가 깊이 패여 있었다.

아이가 말했다.

"나 아저씨 알아요."

"날 알아?"

느닷없는 말.

아이의 관점에서 바라본다고 해도 당혹스런 일이다.

"담사연. 사연 아저씨 맞잖아요?"

"······!"

그는 아이의 얼굴을 살펴봤다. 연이 있는 아이일 수가 없다.

신강에서 돌아온 이후로 이 나이 또래의 아이와 연을 맺은 적이 없었다.

월인촌에서 나를 본 것인가?

그는 혹시나 싶어 아이의 이름을 물었다.

"넌 이름이 뭐니?"

"이추수요."

"이추수?"

그는 깜짝 놀라 뒤로 물러섰다.

심장이 떨어지는 기분이다.

그 이름을 왜 이곳에서 듣는단 말인가.

그가 알기로 이추수는 악양에서 무탈하게 살아왔다. 혈관음으로 납치된 일이 있었다면 그가 용마총으로 들어오기 전에 전서로 알려주었을 것이다.

그는 아이의 얼굴을 다시 살펴보며 물었다.

"넌 나를 어디에서 봤지?"

"낙양에서요."

"낙양?"

더 의문스럽다. 최근에 낙양에 간 적은 있다. 하지만 그건 측성대 저격 작전 중일 때의 일이다. 긴박한 작전 중에 여자 아이와 인연을 맺을 일이 없다.

아이가 그를 올려다봤다.

"아저씨 바보예요?"

"바보라고? 왜?"

"아저씨가 내 이름을 지어주었잖아요."

"내가? 언제?"

아이가 그의 음성을 흉내 내어 말했다.

"추수. 이추수. 네 이름은 이제부터 이추수야. 라고 내게 그랬잖아요."

"아!"

그는 탄성을 흘려냈다.

보조개가 왼쪽 뺨에 깊이 패인 여자 아이.

이제 기억이 난다.

이 아이를 낙양 입구에서 만난 적이 있다. 그때 아이에게 건량을 건네주었다. 물론 그건 현실이 아니다. 몽환영의 세상에서 맺었던 인연이다.

아무튼 당혹스러웠던 아이와의 만남이 이제 이해가 된다. 용비광장에서 홀로 배회하는 아이를 소유진이 거두었다고 했다. 이 아이는 아마도 혈관음 무리에서 이탈되어 홀로 돌아다니다가 몽환영을 겪었을 것이다.

'진짜가 아냐. 내가 이름을 지어준 거야.'

현실의 이추수가 아니라는 사실이 내심 다행스럽다. 혈관음으로 생활한 이추수는 생각만 해도 끔찍하다.

그는 아이의 눈앞으로 가까이 다가섰다.

아이를 이곳에 둘 수 없다. 밖으로 나가면 유연설이 잘 보살펴 줄 것이다.

"움직일 수 있겠니?"

"아니요. 다리가 아파서 못 걸어요."

"다리가 아프다고?"

특별한 외상은 눈에 보이지 않는다. 그는 아이의 다리를 만져 봤다. 뜨겁다. 불에 익은 듯 다리에 열꽃이 가득히 피어 있다.

아이의 생각으로 단순하게 대답했지만 열기가 감지된 곳은 다리뿐이 아니다.

창백한 안색을 제외하곤 아이의 온몸에서 열이 펄펄 끓고 있다.

아이가 새삼 불쌍하게 느껴진다. 이런 몸으로도 아프다는 표현밖에 하지 못하고 있다. 그는 아이를 안심시키고자 간단한 물음을 이었다.

"넌 사는 곳이 어디니?"

"몰라요."

"부모님은 어디 계시니?"

"몰라요."

"이름은 뭐니?"

"몰라요. 헤!"

아이가 그를 쳐다보곤 쿡쿡 웃었다.

"왜 웃니?"

"그때랑 똑같아서요. 아저씬 맨날 그런 것만 내게 물어봐요."

"흠."

그는 떨떠름한 심정이다.

기억은 잘 나지 않지만 아이와 낙양에서 만났을 때 지금과 비슷한 물음을 던진 것 같다.

"아저씨가 널 안아봐도 되겠니?"

"왜요?"

"아저씨랑 밖으로 나가자. 밖에 나가면 예쁜 아줌마가 널 보살펴 줄 거다."

당연히 응하리라 여겼건만 뜻밖으로 아이가 고개를 저었다.

"싫어요. 난 여기 있을 거예요. 밖에 나가면 나쁜 용이 있어요."

용이 얼마나 무서웠으면 시체가 가득한 이곳에 남아 있으려고 할까.

그는 안쓰러운 심정에 아이의 머리카락을 쓰다듬어주었
다.

"걱정 마라. 널 해칠 나쁜 용은 이제 없단다. 아저씨가 그
용을 죽였거든."

"그래도 안 돼요. 용은 없지만 칼이 남아 있어요. 그 칼 때
문에 무서워서 나갈 수가 없어요."

칼이 화룡도를 의미한다는 것을 모르지 않는다.

"그것도 걱정하지 마라. 아저씨가 나쁜 칼도 용암 속에 던
져 버렸단다."

아이가 떨리는 눈으로 그를 쳐다봤다.

"아니요. 칼은 아직 살아 있어요. 우린 느낄 수 있어요. 그
래서 우리가 이렇게 된 거예요."

"……."

그는 갑자기 기분이 묘해졌다.

아이의 주장이 잘못된 것이라고 단정할 수 없었다. 아이는
몸이 아픈 상태에서도 자기주장을 또렷하게 말했다. 특히
'우리' 라는 말에서 보듯 그가 모르는 사실까지도 알고 있었
다.

"방금 우리라고 그랬는데, 하면 저 아이들이 죽은 것도 나
쁜 칼이 아직 살아 있기 때문이니?"

"네."

"왜 그렇지?"

"양(陽)은 하늘에 모이고 음(陰)은 땅에 쌓인다. 화도가(火刀)가 강해지면 현음은 대지의 한기로 녹이고, 화도(火刀)가 약해지면 현음은 하늘의 불로 데운다. 우린 칼과 같이 생활하면서 그런 놀이를 했어요. 지금 칼이 아주 약해졌어요. 그래서 우리의 불을 전부 빨아들이고 있어요."

아이의 관점에서 본 표현법이다. 아이는 지금 현음지화중화대법에 대해 나름으로 설명하고 있다.

핵심은 칼이 약해졌다는 것. 그래서 혈관음들의 체내에 축적된 불, 즉 용의 화기를 칼이 흡입하고 있다는 거다.

어렵게 생각할 필요 없다.

유연설은 용란을 설명하며 혈관음들이 모체가 된다는 말을 했다.

이것도 그것과 비슷한 경우라고 생각하면 된다. 태아가 양분을 먹고 자라듯 혈관음들의 체내에 축적된 용의 기를 화룡도가 흡입하고 있다는 거다.

'화룡도가 진짜 소멸되지 않았다는 건가?'

팔뚝에 소름이 확 돋는다. 초조하고 불안해서 이대로 있을 수 없다. 그는 확인을 해보고자 아이를 가슴에 안고 일어섰다. 아이가 이때 그의 목을 손으로 감아 잡고 그를 올려다봤다.

"부탁이 있어요."

"뭔데?"

"아저씨랑 같이 나가는 것은 좋은데, 칼이 나를 쳐다보지 않게 해주세요."

"그건 왜?"

"칼이 나를 찾고 있어요. 칼이 나를 쳐다보면 그땐 나도 어쩔 수 없이 친구들처럼 변하게 돼요."

화룡도가 이 아이를 찾고 있다. 이 아이는 확실히 특별하다.

어쩌면 혈관음 중에서 최고의 자질을 선보였던 아이인지도 모른다.

그는 아이를 안심시켰다.

"밖에 나가면 아저씨 가슴에서 나오지 않도록 해라. 다른 사람이 너를 불러도 고개를 돌려서는 안 된다. 알겠니?"

"네."

아이가 낮게 답하며 그의 가슴에 얼굴을 깊이 묻었다.

가슴에 닿은 아이의 얼굴.

그의 심장이 왜인지 모르게 떨린다. 그는 선 자세에서 아이를 잠시 내려다보곤 동상의 문으로 걸어갔다.

와룡대 동상 밖이다.

"제, 젠장!"

그는 밖으로 나오자마자 쓰라린 음성을 토해냈다.

아이의 주장이 맞았다.

화룡도는 폐기되지 않았다. 그가 화룡도를 던졌던 단애, 그 곳 용암 위의 허공에 화룡도가 인화(燐火)처럼 둥둥 떠 있었다.

"이게 대체!"

쓰라린 감정은 의문으로 변한다. 용암 속에 잠겼던 화룡도가 어떻게 다시 밖으로 나올 수 있다는 건가. 그것도 의지를 가진 유기체처럼 스스로 공중에 떠올라 머물 수 있다는 건가.

"내 말이 맞죠? 칼이 아직 살아 있는 거죠?"

가슴 안에서 아이의 음성이 들려왔다. 아이는 두려운지 가늘게 떨고 있었다.

그는 아이의 몸을 꼭 안아주며 말했다.

"무서워하지 않아도 된다. 아저씨가 다시 칼을 없애 버릴 거다."

말은 그렇게 했지만 그로선 화룡도를 없애 버릴 수단이 막막했다.

그는 유연설을 찾아 돌아봤다. 유연설은 현재 넋이 나간 얼굴로 화룡도를 바라보고 있었다.

표정만 봐도 안다. 유연설은 현 상황의 의문을 풀 수 없다.

그는 되살아난 화룡도 사안에 집중했다.

오늘의 상황에서 그가 놓친 것이 있을지 모른다. 꿈에서 깨어난 후, 용문전으로 달려가서 여불청을 만나 군자성을 추적했다.

군자성의 죽음 이후엔 와룡대로 달려와 여불청의 삶을 정리했다.

"아!"

여불청과의 대화를 떠올리던 과정에서 그는 그만 숨이 턱 막혔다. 그 대화 속에 답이 있었다.

"팔금석을 사용하라. 팔금석을 화룡도에 그냥 걸어둔 이전의 사용법은 잘못되었다. 희생 없이는 화룡도를 소멸시킬 수 없다. 팔금석을 목에 걸고 화룡도를 직접 잡아 용암에 넣어야 한다."

희생 없이는 화룡도를 소멸시킬 수 없다, 라는 말.

그건 즉, 화룡도를 손에 들고 직접 용암으로 뛰어들란 뜻이었다. 화룡도에는 화룡의 혼력이 담겨 있다. 화룡의 혼력을 녹일 때까지는 화룡도를 손에 들고 있어야 한다는 거다.

"말도 안 돼."

답은 알았지만 그건 그가 시도할 수 없었다.

그 방법은 화룡도와의 동반 죽음을 의미했다. 그는 자기희생으로 세상을 밝히는 성인이 아니며, 또한 그에게는 그의 생존을 간절히 바라는 이추수가 있었다. 그녀를 남겨두고서는 그런 희생을 할 수 없었다.

"맞아. 그럴 수 없어. 다른 방법을 찾아야 해."

결정을 내렸다.

동반 죽음을 할 바엔 차라리 현장을 떠나 버린다는 각오이다.

그런 결정을 함에 그나마 위안이 되는 사안은 현재 화룡도의 힘이 현저하게 약해진 터라 이전 같은 탐욕의 마력이 무림인들에게 걸리지 않는다는 점이었다.

무림의 힘은 화룡과 맞싸울 정도로 강하다. 부처의 불력을 빌리든 노자의 도력에 맡기든 이제부터는 무림인들 스스로 화룡도를 처리할 수 있을 거라는 생각이다.

한편 화룡도 재출현 이후로 무림인들도 대책 논의에 긴박히 들어갔다.

이때 일엽이 척룡조의 대표로서 정파와 사파를 분주히 오가며 논의를 중재했다.

한두 가지 사안에서 정파와 사파의 의견이 갈렸지만 일엽의 노력 끝에 최종적인 합의 사안이 나왔다.

一. 용마총 사건에 연루된 자들은 지위 고하를 불문하고 엄벌에 처한다.

二. 화룡대란을 막은 척룡조의 공을 인정한다. 다만 사실 확인을 위해 조원들은 한시적으로 정사연합의 조사를 받는다.

三. 화룡도와 혈관음은 현 시각부터 정사연합의 지휘부가 척룡조의 동의 아래에서 직접 관리한다. 화룡도는 폐기가 목적이다. 화룡도를 사심으로 사용하려는 자는 무림공적으로 쳐단한다.

정사연합의 합의 사안을 전달받은 척룡조는 최종 결정을 잠시 미루고 대책을 논의했다. 척룡조가 이렇게 한 번 더 논의하게 된 것은 두 번째 합의 사안에 문제가 있다고 판단했기 때문이다.

와룡대 현장에서 너무 많은 사람이 죽었다. 과정이야 어찌 됐든 그 죽음엔 담사연이 깊이 관련되었다.

이능이 주장했듯 아비객은 용문 사태에서 무림인들의 주 표적이 된 인물이었다.

척룡조로서는 만약을 대비해서 담사연만큼은 현장에서 탈출시켜야 함이었다.

척룡조의 논의가 한창일 때 밀리언이 담사연의 앞으로 걸어왔다.

밀리언이 말했다.

"야랑이라고 하셨지요? 용비광장에서는 상황이 급박하여

제대로 인사를 하지 못했습니다. 저는 실버유니언 소속의 막시밀리언 미르난데스라고 합니다. 짧게 밀리언이라고 부르시면 됩니다."

밀리언은 무언가 전할 말이 있는 눈치였다.

담사연은 용건을 바로 물었다.

"하실 말씀이 있으면 어서 하십시오. 내가 지금 누군가와 대화를 길게 할 상태가 아닙니다."

밀리언이 단애 위의 화룡도를 한번 쳐다보곤 말했다.

"알겠습니다. 하면 용건을 전하지요. 오늘의 상황이 끝나는 즉시, 야랑은 저와 같이 실버유니언의 본부로 가주셔야겠습니다."

"네?"

밀리언과 깊은 대화를 할 사안이 없다고 여겼다. 그런데 대화의 시작부터 그가 입장 표명을 하지 않을 수 없었다.

"실버유니언은 중원의 조직이 아닙니다. 내가 왜 중원에서 아득한 거리에 있는 당신들의 본부로 가야 한다는 겁니까?"

"에이션트급 이상의 드래곤은 인간이 함부로 죽일 수 없는 존재입니다. 만약 드래곤을 죽이게 된다면 그 일에 관계된 용사는 반드시 그 과정을 실버유니언의 상부에 보고해야 합니다."

"미안하지만 나는 중원인이지 당신들 단체의 소속원이 아닙니다. 내가 그곳에 가서 보고할 의무는 없습니다."

그가 거부 의사를 밝혔음에도 밀리언은 뜻을 굽히지 않았다.

"안 됩니다. 야랑은 저와 같이 실버유니언으로 가야 합니다. 당신은 일만 년 생애의 레드 드래곤을 죽였습니다. 이건 인류 역사 이래 처음 벌어진 사건입니다. 실버유니언의 상부로 가서 이 사건을 설명하고 그분들을 납득시키지 않으면 그들은 당신을 강제 소환해서라도 보고를 받으려고 할 겁니다."

강제 소환이라는 말에 그는 눈살을 찌푸렸다. 무언가에 구속받는 생활은 이제 생각만 해도 지긋지긋하다.

그는 강한 어조로 말했다.

"이해가 안 됩니다. 세상을 멸망시키려고 했던 화룡입니다. 인류를 위해서 그 화룡을 죽였거늘 왜 모두들 내게 그 일의 과정에 대해 압박과 강요를 하시는 겁니까?"

밀리언이 정중히 허리를 숙였다.

"데빌라곤을 처단해 준 것에 대해서는 지금도 감사를 드립니다. 하지만 이 사안은 데빌라곤의 파멸 행위와는 또 다른 문제입니다. 일만 년의 생애를 산 화룡은 악룡이긴 해도 그분들의 세계에서는 곧 신입니다. 당신이 실버유니언으로 가서 설명해 주지 않으면 그분들은 이번 사건을 신의 권위에 도전

한 신성 파괴 행위로 볼 것입니다."

밀리언의 설명이 조금 이상했다. '그분' 이라는 자들이 단순히 서양의 권력자로 느껴지지 않았다.

"나를 강제 소환한다는 사람들. 그자들이 누구죠? 실버유니언의 최고 권력자입니까?"

밀리언은 잠깐 고심하다가 고개를 저었다.

"죄송합니다. 내 권한 밖의 일입니다. 나와 같이 떠나겠다는 약속을 하지 않는다면 말해줄 수 없습니다. 다만 사안의 심각성에 비추어 한 가지만 말씀드리죠. 만약 이번 사건이 최악의 상황으로 진행될 경우, 그들이 중원의 무림을 침공합니다. 그리되면 아마도 무림인들은 데빌라곤의 사태에 버금가는 멸망의 전쟁을 각오해야 할 겁니다."

"……."

담사연은 대화를 중단하고 밀리언을 노려봤다.

멸망을 들먹였다.

그런 말을 함부로 해도 되는 것인가. 그는 화룡대란을 겪은 후로 멸망이란 말만 들어도 화가 치밀어 오른다.

밀리언도 자신의 발언에 문제가 있었다는 것을 뒤늦게 알고는 고개를 숙여 사과의 뜻을 전했다.

중단된 대화는 밀리언이 먼저 이었다. 이번엔 담사연과 무림인들의 관계를 비틀어서 설명한 말이었다.

"내가 보기에 현재 야랑도 무림의 인물들과 사이가 좋아 보이지 않습니다. 무림에 남아 있으면 피곤한 일이 계속 벌어질 것이니 머리도 식힐 겸 잠시 다른 세상에 다녀오는 것이 어떻겠습니까? 일이 잘 풀리면 이삼 년 내로 중원에 다시 돌아올 수 있을 겁니다."

"흐음."

밀리언의 이번 말은 담사연에게 그다지 기분 나쁘게 들리지 않았다. 생각해 보면 당분간 중원을 떠나 있는 것이 그에겐 최선의 대책이 될 수 있었다.

"밀리언의 뜻을 알겠습니다. 척룡조와 협의해 볼 테니 밀리언은 잠시 기다려 주십시오."

"감사합니다. 당신은 인류를 구원한 위대한 드래곤 슬레이어입니다. 부디 바른 결정을 하셔서 인류 세상에 또 다른 파국 사태가 일어나지 않도록 해주십시오."

밀리언이 자리를 떠났다.

그는 단애 위의 화룡도를 돌아봤다. 화룡도는 조금 전보다 화염광이 더 강해져 있었다.

솔직한 심정으로 억울하고 분했다. 그래서 이젠 화룡도 처리에서 무관해지고 싶었다. 세상을 구하겠다는 거룩한 일념으로 나선 일은 아니지만 적어도 무림인들은 자신을 이렇게 몰아붙이면 안 되었다.

"그래, 여기까지야. 난 최선을 다했어. 이후의 상황은 내가 아니어도 다른 사람들이 처리할 수 있어."

고민 끝에 당분간 무림을 떠나 있기로 그가 결정했을 때다.

"아저씨."

가슴 안에서 아이의 음성이 들려왔다.

그는 화룡도가 시야에서 보이지 않은 곳, 와룡대 동상 뒤편으로 자리를 옮겨 아이를 내려놓았다.

"왜?"

"저기요. 저기서 새가 날아와요."

"새?"

그는 아이의 눈빛 방향으로 고개를 돌렸다.

"아!"

하늘 저 멀리에서 유월이 날아오고 있었다.

이추수의 전서.

착잡한 심정을 달래줄 기쁜 일이긴 한데, 그는 곧 얼굴이 굳었다.

유월이 제대로 날지 못했다.

안력을 높여 살펴보니 한쪽 날개가 잘려져 있었다.

"이게 대체!"

그는 놀라고 불안한 심정으로 유월이를 손에 받았다.

유월이는 생기를 다 쏟았는지 그의 손안에서 낮은 울음을 남기고는 머리를 힘없이 꺾었다.

갑작스런 유월이의 죽음.

그 슬픔을 느껴볼 사이도 없이 유월이의 다리에 매달린 상의 조각이 눈에 들어왔다.

유월이의 다리에는 서간지 대신 상의 조각이 매달려 있었다.

이추수의 옷이다.

얼마나 위급한 상황을 겪었기에 유월의 날개가 잘리고 그녀는 옷을 찢어 전서를 적어 보냈다는 건가.

불안감이 밀물처럼 몰려든다. 그는 떨리는 심정으로 상의 조각을 펼쳐 봤다.

사연 님.

전서를 받게 되면 용마총에서 즉시 빠져나오세요.

그곳에 있으면 당신은 죽게 돼요.

이건 틀림없는 사실이에요.

그날 내가 그곳에 있었어요.

내가 당신의 모습을 지켜봤단 말이에요.

그러니 알았죠?

아무리 중요한 일을 하고 있더라도 즉시 밖으로 나올 거죠?

용마총을 탈출하는 것 외에 다른 생각을 하시면 절대 안 돼요.

이다음에 나랑 만나기로 다짐했잖아요.

나와 같이 수연교를 거닐기로 약속했잖아요.

그러니 지금 내 말을 무조건 들어줘요.

제발 내 말을… 꼭… 꼭 들어주세요.

사연 님.

내가 당신에게 하고 싶은 말.

그 말은 수백 수천 가지가 넘지만, 지금 난 당신에게 오직 이 말만을 할 수 있습니다.

당신이 없는 세상은 내게 절망뿐인 세상이 될 겁니다.

"흐음!"

전서를 읽어본 그는 입술을 질끈 깨물었다.

참으로 가혹한 운명이다. 아니, 정말 지랄 같은 운명이다. 모든 것을 잊고 떠나기로 마음먹었건만 불행의 신이 그를 다시 붙잡았다.

이로써 모든 것은 원상태다. 그는 이제 떠날 수도, 이 상황을 방관할 수도 없다.

그가 그렇게 할 수밖에 없는 이유가 바로 그의 눈앞에 있다.

아이는 이추수가 맞다.

용마총 안에 그녀가 있었다면 이 아이밖에 없다.

생각해 보면 처음부터 느낌이 이상했다.

아니라고, 이추수가 아니라고 부정했지만 그건 그의 진짜 감정이 아니었다.

그는 이 아이를 처음 본 그 순간부터 이 아이가 진짜 이추수가 아닐까 계속 의심해 왔다.

그는 이추수를 돌아봤다.

"추수야, 네가 진짜 추수가 맞는 거니?"

이추수가 웃었다.

"헤. 바보처럼 그게 뭐예요. 추수가 진짜지 그럼 가짜도 있나요?"

그는 가슴 아픈 심정으로 이추수를 안았다.

그녀는 밝게 살아온 여성이 아니다. 구인회에 납치되어 혈관음으로 생활했고, 오늘의 상황을 겪은 영향으로 기억까지 상실했다.

기억을 잃게 된 이유는 알지 못한다. 알아볼 수도 없다. 유월은 죽었고, 전서의 연결은 끝났다.

그와 남모를 연정을 나누었던 미래의 이추수와는 이제 만날 수 없게 되어버렸다.

그는 그녀의 글을 다시금 읽어보며 현 상황을 생각해 봤다.

그녀는 용마총을 어서 탈출하라고 했지만 그는 그럴 수 없다. 그가 떠나면 그녀의 안전을 장담하지 못한다. 이건 단순하게 해석할 일이 아니다. 그의 과거와 그녀의 미래는 고리사슬처럼 연동된다.

그녀는 오늘의 상황에서 죽어서도 안 되고, 정상적인 생활을 하지 못할 만큼 다쳐서도 안 된다. 아니, 혈관음으로서 무림인들에게 조사를 받아서도 안 된다.

그녀는 반드시 악양으로 가야 하고, 그곳에서 포교 수업을 받아야 한다. 그래야만 그녀가 포교로서 그에게 전서를 보낼 수 있다.

전서가 날지 않으면 그는 사망탑에서 살아서 나오지 못한다. 살아서 살귀가 된다고 한들 그건 죽은 것과 마찬가지이다.

그가 사망탑에서 형의 편지를 받지 못하면 그 후에 진행된 화룡대란은 막을 길이 없다.

"아!"

그는 생각이 깊어질수록 숨이 막히는 심정이다. 시공결을 설명하는 글귀에서 과거는 미래가 되고 미래는 과거가 된다고 했다.

그게 무슨 뜻이었는지 이제야 확실히 알 것 같다.

아무리 생각해 봐도 답이 없다. 아니, 답이 있긴 있다. 전서에서 답을 가르쳐 주었다.

현 사태의 핵심은 화룡도이다. 화룡도가 소멸되면 혈관음은 더 이상 무림인들의 관심을 끌지 못한다.

하지만 그걸 없애 버리려면 그의 목숨을 걸어야 한다. 어떻게 그럴 수 있단 말인가. 어떻게 여기까지 버텨왔는데…….

"제기랄! 신이란 놈을 정말 죽여 버리고 싶군!"

억울하고 분한 심정에 입에서 욕이 나온다.

이추수가 그를 돌아봤다.

그녀는 그가 시키지도 않았음에도 유월이를 땅에 묻어주고 있었다.

"아저씨, 이리 와서 같이 기원해요. 날개도 없이 이곳까지 날아온 불쌍한 아이예요."

그는 이추수의 옆으로 다가섰다.

이추수가 손을 모아 유월이를 위해 이다음엔 꼭 사람으로 태어나라고 기원했다. 그 모습이 애잔하다. 그는 그녀의 머리를 쓰다듬어 주며 말했다.

"걱정 마라. 유월이는 아직 죽지 않았단다."

"어떻게 그래요? 방금 내가 땅에 묻었는데…….."

"훗날 유월이 되면 네 방 창문으로 다시 날아올 거다."

"진짜요? 그랬으면 정말 좋겠어요."

이추수가 눈을 반짝이며 그를 쳐다봤다.

이상한 일이다.

조금 전까지 분하고 억울했던 감정이 그 눈을 보자마자 봄 눈 녹듯이 지워진다.

그는 이추수를 가슴에 안아 들고 낮게 중얼댔다.

"물론. 내가 꼭 그렇게 만들어줄 거야."

8장

용난화 전서

그가 이추수를 가슴에 안은 것은 전방에서 무림인들이 몰려왔기 때문이다.

현장의 분위기가 심상치 않았다. 무림인들은 전과 다르게 전투 포진을 갖추고 있었다.

일엽이 무림인들의 앞을 막아섰다.

"척룡조는 아직 결정하지 못했소. 정사연합은 후방으로 물러나 대기해 주시오."

진서벽이 앞으로 나왔다. 진서벽은 현재 정파의 임시 대표이다.

"정사연합의 합의 사안이 바뀌었소. 수정된 합의 사안에 따라 척룡조의 뜻은 이제부터 아무런 효력이 없소."

"그게 무슨 소리요. 누구 맘대로 합의문을 바꾼다는 거요? 척룡조는 당신들의 결정에 따르지 않을 것이니 썩 물러가시오."

무림인들이 물러가지 않자 일엽은 사파의 대표 상관호를 돌아보곤 노한 음성을 토했다.

"상관 아우는 입장을 분명히 밝혀라. 독심당주가 아우를 믿고 일을 맡겼거늘 어찌 이렇게 척룡조를 몰아붙이는가."

"으음."

상관호는 일엽의 눈을 제대로 마주하지 못했다. 이능이 추진했던 척룡조의 임무이다. 죽은 이능을 위해서라도 사파무림은 이렇게 행동해선 안 된다.

상관호가 미안한 얼굴로 말했다.

"청성당주께서는 내 입장을 이해해 주십시오. 나는 현재 사파의 대표입니다. 사파의 책임자로서 저들의 요구를 물리치지 못할 사건이 평원 전투에서 있었습니다. 어떤 일이 있어도 척룡조를 용마총 사건에 결부시키지 않겠다는 약속만은 지켜 드리겠습니다."

평원에서 무슨 사건이 있었는지는 일엽의 관심 사안이 아니다. 일엽은 상관호의 말에서 또 다른 문제점을 찾아 따지듯

물었다.

 "척룡조를 용마총 사건에 결부시키지 않겠다니? 그게 무슨 뜻인가? 당장 설명하라! 척룡조의 희생으로 천하가 무사했거늘, 어찌 그런 무도한 주장을 하는가!"

 "……."

 상관호는 답하지 못했다. 일엽은 정파 무인들을 다시 돌아봤다. 무당파와 화산파의 장문인이 진서벽의 옆에 서 있었다.

 "당신들이 대답해 보라! 이게 정파무림인의 참 모습인가? 실리보다 명분을 더 중요시했던 정파가 언제부터 이렇게 앞뒤 구분 없이 무도하게 나왔던가!"

 남강이 말했다.

 "일엽 도장께선 개인 감정을 자제하시고 냉철하게 현 상황을 판단하시오. 용마총에서 수천 명의 무인이 죽었소이다. 무림인들의 불신을 남기지 않으려면 사건의 진상을 명명백백히 가려야 하오."

 태정도 입장을 표명했다.

 "일엽께선 무림의 명사로서 정사연합의 합의에 따라주십시오. 척룡조를 조사하되 공과 사는 엄격히 자릴 것을 무당파의 이름으로 약속하외다."

 척룡조는 안중에도 없는 일방적인 진행이다. 양소가 앞으로 뛰쳐나와 소리쳤다.

"흥! 고작 수천 명? 웃기고 있네! 우리가 화룡을 막지 않았다면 수천이 아니라 수백만 명이 죽었을 거야!"

일엽과는 무림의 배분이 다른 양소이다. 진서벽이 양소를 마뜩치 않게 쳐다보곤 어디론가 손짓을 해 보였다. 그러자 무림인들이 병기를 뽑아 들고 척룡조를 포위했다.

일엽이 발끈했다.

"진송! 이게 뭐하는 짓이야! 청성파와 원수가 되고 싶지 않으면 당장 칼을 거둬!"

진서벽은 일엽의 반응에 상관치 않고 현장의 일을 진행시켰다.

형산파 무인 중에서 누군가가 걸어 나와 정사연합의 합의 사안을 발표했다.

一. 용마총 사건에서 엄벌 대상은 화룡대란과 직접 관계된 자들에 국한한다.

二. 사건의 진상이 밝혀지기 전에는 척룡조의 공을 인정하지 않는다. 특히 아비꺽은 이 사건의 핵심 용의자이자 와룡대에서 대량 살상을 저지른 범죄자이니 수사에 불응할 경우 즉각 구금한다.

三. 현 시각부터 화룡도와 혈관음은 정사연합의 지휘부가 직접 관리한다. 화룡도는 폐기가 아닌 재활이 첫째 목적이며, 이에 따라 아비꺽은 화룡도의 열기를 막을 수 있는 팔금석을 정사연합에 즉각 내어놓는다.

"말, 말도 안 돼! 이건 엉터리야."

척룡조가 한꺼번에 반발했다.

합의문의 내용이 완전히 바뀌었다. 이대로는 혈관음은 물론이요, 척룡조도 생명을 장담하지 못한다.

암담한 현실이라면 척룡조의 반발이 간단히 무력화되고 있다는 것이었다. 이미 도검의 포진에 갇혔다. 일엽마저도 삼대문과 장문인들에게 견제를 받아 몸을 함부로 움직이지 못했다.

척룡조는 안타까운 심정으로 한 사람을 쳐다봤다. 지금 가장 억울하고 분한 사람은 담사연이었다.

"킥. 웃겨. 아주 지들 멋대로야. 누구야. 어떤 놈이야? 누가 이런 돼먹지도 않은 작당을 부린 거야."

담사연은 눈에 독기를 담고 전방의 무인들을 노려봤다.

무인들이 단체로 움찔했다.

불과 반 시진 전에 화룡도를 들고 무림인들을 학살했던 담사연이다. 화룡도가 손에 없지만 대적 불가의 그 압도적 기세는 아직 그대로 남아 있다.

"화룡을 죽인 공적 따위는 필요 없어. 그런 건 처음부터 바라지도 않았어. 그러니 너희도 날 구속하려 들지 마. 경고하는데 지금부터 내 앞길을 막는 놈은 모조리 죽여 버릴 거야."

말을 끝냈을 때 그의 눈빛은 은색으로 물들었다. 월광의 발휘이다.

그는 은빛의 눈을 무섭게 번쩍이며 앞으로 걸어갔다. 그가 걷는 방향을 따라 무인들의 포진이 물결치듯 뒤로 물러났다.

잠시 후, 공격 명령이 떨어졌다. 정파 무인들이 먼저 그에게 달려들었다.

전투 포진이 조금 특이했다. 일선의 공격조와 다르게 이선의 무림인들은 밀집된 철벽 포진을 유지해 방어적으로만 나오고 있었다.

그는 내심 곤혹스러웠다.

사방이 도검으로 갇힌 공간.

가속을 할 수 있는 최소 거리가 확보되지 않는다.

이런 상태에서는 주행공과 망량을 사용할 수 없었다. 한편으로 누군가 그를 의도적으로 노리고 있다는 느낌도 들었다.

'망량을 막는 포진법은 이해한다고 쳐도 팔금석에 대해서는 어떻게 알고 있었지?'

그가 팔금석을 소유한 것은 군자성이 죽을 때 같은 자리에 있었던 소유진과 송태원뿐이었다. 현시점에서 두 사람의 배신은 생각도 할 수 없는 일이다.

의문을 품는 과정에서 구파의 장문인들이 앞으로 나섰다.

절정고수들의 합벽진이다. 검진에서 태산이 막아선 것 같은
압력이 느껴진다.

'정말 여기서 끝장을 봐?'

그는 전력을 다해 맞서지 않고 있었다. 그리고 그런 입장은
구파의 무인들도 마찬가지였다. 그들은 그를 압박하는 철벽
포진을 유지할 뿐 생사결은 벌이지 않았다.

결전과 포기.

결단의 순간은 더 빨리 왔다.

그건 그의 무력이 약하기 때문도 아니고 척룡조의 목숨이
위태롭기 때문도 아니었다. 그의 전의를 꺾는 것은 바로 그의
가슴 안에 있었다.

"으으."

이추수가 괴로운 신음을 흘려냈다. 몸에서는 열이 펄펄 끓
었다.

그는 정신이 온통 그녀에게 쏠려 전투를 할 수 없었다. 그
가 능광검 발휘를 멈추자 무인들도 공격을 중단했다. 그는 포
진 속에서 문득 웃었다.

결단의 시점이 임박해지자 이상하게 마음이 편해지고 있
었다.

무인들이 포위망을 좁혀왔다.

그는 무인들이 접근하든 말든 신경 쓰지 않았다. 그는 가슴

에 안긴 이추수만 오직 바라봤다.

"추수야, 무섭니?"

"네."

"몸은 어떠니? 아프니?"

"네, 아까 전에 칼이 나를 봤어요. 그래서 지금 내가 많이
아픈 거예요."

그는 단애 위의 화룡도를 돌아봤다. 화룡도는 생명의 기운
을 얻은 듯 화염광을 활활 태우고 있었다.

화룡도를 두고 이런저런 추론을 하는 것은 이제 무의미했
다. 화룡도는 이추수를 원하고 있다.

어떤 관계인지는 모르지만, 그는 절대로 그렇게 내버려 둘
수가 없었다.

"걱정 마라. 넌 아프지 않을 거다. 내가 약속해."

그는 이추수를 달래주곤 전방의 삼대문파 장문인들을 주
시했다.

"내 요구에 응한다면 화룡도를 당신들에게 넘겨주겠다. 거
래를 하겠는가?"

진서벽이 말했다.

"우리는 화룡도를 요구하지 않았네. 사건의 진상을 가려서
무림을 안정시키고자 했을 뿐이네."

그는 냉소했다.

"천만에. 간교한 말로 본심을 속이지 말라. 나는 당신들의 얼굴에서 탐욕을 보았다. 그것도 화룡의 마법 때문인가?"

"……."

진서벽이 반박을 못했다. 다른 무림인들도 이 순간 얼굴을 붉혔다.

"조금 전의 말을 정정한다. 나와의 거래에서 당신들에게 선택권은 없다. 거래가 성사되지 않는다면 나는 오늘 이 자리에 있는 모든 인간을 죽여 버릴 것이다."

겁박이 아니다. 그에게는 이 경고를 실행에 옮길 비장의 한 수가 있다.

진서벽이 무림인들과 잠깐 논의한 후 물었다.

"우리에게 무엇을 요구할 것인가?"

"첫째, 용마총 사건은 처음부터 끝까지 본인이 관계했던 일이다. 하니 이 거래 이후로 나를 제외한 척룡조는 어디를 가든 무엇을 하든 관여하지 않는다."

"그다음은?"

"둘째, 혈관음에 관한 모든 정보를 소각한다. 무림인의 욕망으로 인해 삶이 망가진 아이들이다. 그 아이들의 바른 삶을 무림은 보장해 주어야 한다."

"그건 거래가 아니더라도 당연히 그렇게 처리될 것이네. 다음 요구는?"

"척룡조와 마지막 인사를 나누고 싶다. 내 요구는 그 세 가지가 전부이다."

무림인들이 걱정했던 대단한 요구하고는 거리가 멀다. 구파 장문인 중에서 누군가가 의심스런 얼굴로 물었다.

"화룡도를 가져오려면 손에 들어야 하는데 당신이 또다시 우리를 공격하지 않는다고 어찌 믿을 수 있을까."

이 물음에 그는 매섭게 눈을 번뜩였다.

"나를 당신들과 같이 생각하지 말라. 변변치 않은 무림 신분이지만 내 입으로 한 말은 반드시 지킨다."

태정이 앞으로 나섰다.

"아비객의 말이 맞소이다. 장문인들은 더는 우리를 부끄럽게 하는 말을 하지 마시오."

태정의 정리에 무림인들의 불신이 잠재워지자 담사연은 화룡도가 있는 단애 끝으로 장소를 이동했다. 잠깐 사이에 화룡도의 열기가 더 강해져 있었다. 무림인들은 혹시 몰라 이십 장 뒤편에 머물렀다.

그는 가슴 안의 이추수를 내려다봤다. 상태가 아주 심각했다.

이추수는 이제 신음만 흘려낼 뿐 멍한 정신 속에 있었다. 그는 이추수를 바닥에 내려놓고 상의로 얼굴을 덮어 주었다. 그런 다음 이추수가 보낸 옷 조각 전서를 바닥에 펼쳐 놓고 마지막 편지가 될 글을 작성했다.

유월은 죽었다. 전서는 날지 못한다. 이 편지가 그녀에게 전해진다는 보장이 없지만 그럼에도 그는 정성을 다해 글을 적었다.

편지가 완료되었다.

그는 편지 바깥에 용난화 전서라고 제목을 적곤 이추수가 보낸 마지막 글, 옷 조각 전서에 같이 겹쳐 놓았다.

"……!"

이때 이상한 글이 그의 눈에 보였다.

그녀가 보낸 상의 옷 조각 뒤편에 누군가가 급하게 휘갈겨 놓은 글자였다.

선제불사형!

용암 단애로 헤수스를 쏴!

그는 곤혹스러웠다. 이추수의 필체가 아니었다. 아니, 이추수도 '선제불사형'이란 글은 적을 수 없었다. '동생은 형보다 먼저 죽으면 안 된다.' 그 글을 적을 수 있는 사람은 오직 그의 형과 그 자신뿐이었다.

생각하고 또 생각해 보았지만 그로선 이 의문을 풀어낼 수 없었다. 그리고 지금은 그렇게 의문을 풀고 말고 할 한가로운 상황도 아니었다.

그는 바랑 안에서 창천보록을 꺼내 용난화 전서를 그 속에 끼웠다.

그런 다음 첫 번째 접견 대상인 송태원을 단애 앞으로 불러 들였다.

송태원이 그의 눈앞으로 걸어와 말했다.

"담 형, 무슨 생각이신지 모르겠지만 이래서는 안 됩니다. 대책을 함께 논의하면⋯⋯."

"송 형께선 듣기만 하십시오. 말은 내가 합니다."

말을 자른 그는 창천보록을 송태원의 손에 건넸다.

"나와는 연이 없는 무공 서적입니다. 송 형과는 잘 맞을 것 같으니 나중에 찬찬히 살펴보시기 바랍니다."

"담 형⋯⋯."

"아직 내 말 안 끝났습니다. 그냥 듣기만 하세요. 화문당에 서 송 형이 내게 칼잡이도 덕을 알아야 한다고 크게 나무라셨 지요. 그때 제가 송 형과 말싸움을 벌였는데 지금 사과드리겠 습니다. 송 형이 옳고 내가 틀렸습니다. 송 형은 이다음에 크 게 될 사람이니 부디 그 덕의 마음을 무림에 널리 알려주십시 오."

"담 형, 왜 지금 그런 말을?"

그는 송태원의 반문에 답하지 않고 바로 돌려보냈다.

송태원 다음에는 구중섭을 불러들였다.

구중섭이 앞에 오자 그는 빙룡환을 풀어 구중섭의 손목에 착용시켜주었다. 구중섭은 멈칫하는 모습을 보일 뿐 놀라워하지는 않았다.

"눈치를 보아하니 구 형께선 내가 이것을 가진 것을 진즉에 알고 있었던 모양입니다."

"사문의 신물인데 내가 어찌 모르겠습니까. 용문으로 들어오던 그때 담 형의 손목에 착용된 빙룡환을 보았지요."

그는 피식 웃으며 말했다.

"안 돌려주었으면 큰일 날 뻔했군요. 단, 공짜로는 안 됩니다. 내 청을 들어주셔야 합니다."

구중섭이 고개를 끄덕였다.

"말해보십시오."

"구 형에게 여자아이를 하나 맡길 생각인데 그 아이를 거두어 포교로 키워주십시오. 내 지인의 딸인데 지금 악양에 있습니다. 오늘의 상황이 끝나고 악양루로 가시면 그 여자아이를 만날 수 있을 겁니다."

구중섭은 흔쾌히 응하고 원래 자리로 돌아갔다.

이추수의 신음이 들려온다.

그는 접견 과정을 더 빨리 진행시키고자 양소와 천이적을 함께 불러들여 안건을 전했다.

"두 분은 오늘의 상황이 끝나는 대로 밀리언과 같이 실버 유니언의 본부로 가십시오."

양소가 물었다.

"꼭 그렇게 해야 해?"

"대주님과 관주님은 앞으로 무림의 요주의 관찰 대상이 되어 신상에 늘 위험이 닥칠 겁니다. 그러니 당분간 무림인들의 눈을 피해 있도록 하십시오."

양소가 고개를 끄덕였다. 당분간 무림을 떠난다는 생각은 양소 역시도 했었다.

헤어짐의 눈인사를 나눌 때 천이적이 그에게 말했다.

"정사연합의 합의 사안이 바뀐 이유를 알아냈어. 조순이 중간에서 수작을 부렸더군."

"조순? 조순이라고요?"

그는 눈을 번뜩였다. 용마총 상황이 워낙에 급박하게 진행되어 조순을 잠시 잊고 있었다.

"그놈은 용마총 상황의 진행 과정을 훤히 꿰뚫고 있더군. 우리의 움직임은 물론, 자네가 팔금석을 소유한 것까지 알고 있었어. 그놈이 간교한 언변으로 정파의 무림인들을 구워삶아 사파의 약점을 잡고 합의 사안을 엉터리로 바꾸었던 거야."

조순이라면 그런 작당을 부리고도 남는다. 척룡조의 움직임을 어떻게 알고 있었는지는 지금 논외의 사안이다.

"조순은 어디에 있죠?"

천이적은 그를 쳐다보는 자세에서 눈동자만 우측으로 굴려 말했다.

"자네의 우측 편 단애 끝에 서 있어. 돌아보지는 마. 영악한 놈이기에 자네가 쳐다보면 즉각 도망을 가버릴 거야."

"알겠습니다. 그놈은 내가 처리하겠으니 두 분은 이제 돌아가십시오. 머문 곳이 어디이든 나는 두 분과의 인연을 잊지 않을 것입니다."

그는 고개 숙여 인사하는 과정에서 우측 방향을 잠깐 주시했다.

삼십 장 밖. 천이적의 말처럼 단애 끝에 조순이 서 있었다.

무력의 사정거리 밖에 위치했다고 조순이 안심하고 있다면 큰 오산이다. 따지고 보면 조순이야말로 그의 진짜 원수이다.

그는 조순을 살려두고 먼저 죽지 않는다. 조순은 지옥의 길동무가 될 것이다.

척룡조와의 이별이 거의 끝나간다.

그는 유연설과 눈빛으로 헤어짐의 인사를 나누었고, 이어서는 소유진과 밀리언을 단애 앞으로 불러들였다. 척룡조소속은 아니지만 두 사람에겐 그가 개인적으로 전할 말이 있었다.

소유진에게 먼저 말했다.

"넌 무림에서 살아갈 수 없어. 밀리언을 따라 서양으로 가도록 해. 네 능력을 믿어. 넌 어디에 가더라도 충분히 잘 살아갈 수 있을 거야."

소유진이 눈물을 글썽였다.

"내가 당신을 다시 볼 수 있을까요?"

"물론이지. 한 십 년 정도 그곳에 있다고 무림으로 돌아와. 그때가 되면 나도 너와의 관계를 진지하게 고민해 볼게."

"그 말, 믿어도 돼요?"

"그럼. 남자로서 여인에게 한 약속이야."

"알겠어요. 떠날게요. 나중에 내가 돌아오면 그 약속 꼭 지켜주세요."

소유진이 한줄기 눈물을 흘려내곤 뒤돌아섰다. 그녀의 뒷모습이 유독 쓸쓸해 보인다. 그는 미안스러웠다. 다시 만날 수가 없다고 생각해 그녀에게 희망을 안겨주는 거짓말을 전했다.

밀리언에게 전할 말이 아직 남았다. 그는 밀리언을 돌아봤다.

"밀리언은 본부로 복귀할 때 척룡조를 데리고 가십시오. 그들은 그곳에서 연고가 없는 사람이니 밀리언이 잘 보살펴

주시기 바랍니다."

밀리언은 불편한 안색이었다. 밀리언이 원했던 대상은 담사연이지 척룡조의 조원들이 아닌 것이다.

"걱정하지 마십시오. 저분이 나를 대신해 먼저 실버유니언으로 갈 겁니다. 저분의 능력은 무림에서 최고이니 나보다 훨씬 더 상황 설명을 잘하실 겁니다."

그가 지목한 대상은 일엽이다.

밀리언이 일엽을 한번 쳐다보곤 고개를 끄덕였다.

"알겠습니다. 일단 먼저 떠나겠습니다. 야랑도 나중에 꼭 실버유니언으로 오시기 바랍니다."

밀리언이 돌아서려고 할 때 그가 문득 물었다.

"참, 용비광장에서 화룡을 저격할 때 화살을 두 발 쏘았는데 둘 다 헤수스였습니까?"

"아닙니다. 헤수스는 내 생명보다 더 소중한 물건인데 어찌 함부로 사용할 수 있겠습니까. 두 발 중에 한 발은 표적 확인용의 일반 화살이었습니다."

"하면 지금 그 나머지 한 발도 가지고 있습니까?"

"네."

'선제불사형'을 남긴 뜻 모를 글.

이상하게 그게 계속 그의 뇌리에 남는다.

"혹시 헤수스를 나에게 줄 수 있습니까?"

밀리언은 잠깐 고민하다가 헤수스를 꺼냈다.

"당신은 데빌라곤을 잡은 위대한 드래곤 슬레이어입니다. 당연히 헤수스를 소유할 권리가 있습니다. 부담 가지지 말고 편히 사용하십시오."

밀리언이 헤수스를 그의 손에 건네곤 돌아갔다.

그는 칠채궁을 들어 맞은편 단애 벽면에 헤수스를 쏘았다. 밀리언의 생명보다 더 소중한 헤수스. 그것을 이렇게 사용한 것에 대해 아쉬움은 없다.

접견 대상으로 이제 일엽만 남았다.

일엽은 단애로 걸어올 때 화룡도를 과감히 정면으로 노려봤다.

"그렇게 쳐다보시면 안 됩니다. 화룡의 혼력이 칼에 붙어 있습니다."

그의 말에 일엽은 코웃음을 쳤다.

"흥! 마력에 홀린 것은 한 번으로 족하다. 나는 두 번 다시 놈의 마력에 넘어가지 않는다."

그는 흐뭇한 미소를 머금었다.

이 사람 일엽.

보면 볼수록 든든하다.

일엽 같은 사람을 스승으로 두었다면 그의 삶은 아마도 또 달라졌을 것이다.

"두 가지 청이 있습니다. 들어주셨으면 합니다."

일엽은 답을 하기 전에 먼저 물었다.

"꼭 이런 결정을 해야만 했느냐? 네가 이러지 않아도 난 오늘의 사태를 절대 방관하지 않는다. 정파무림과 척을 지게 된다고 하더라도 반드시 너를 구할 것이다."

그가 무엇을 하려는지 알고 있는 것 같은 일엽의 언변이다.

그는 웃으며 말했다.

"정객께선 심각하게 받아들이지 않아도 됩니다. 나는 오늘 그저……."

일엽이 그의 말을 끊었다.

"나까지 속이려 들지 말라. 너는 무림인들의 얼굴에서 탐욕을 보았지만, 나는 네 얼굴에서 울분의 결의를 보았다."

"……."

그는 얼굴에 드리운 미소를 지웠다. 일엽의 눈을 속일 수가 없었다.

"실망을 시켜 드려 죄송합니다. 하지만 결정을 되돌릴 일은 없을 것입니다. 나로선 이게 최선의 길입니다."

일엽은 그의 결정에 반대하지 않았다. 그냥 그를 묵묵히 쳐다보다가 처음의 물음에 답했다.

"두 가지 청이라고 했는데 말해보라. 내가 무엇을 해주면 되느냐?"

"오늘의 상황이 끝나면 밀리언을 따라 실버유니언으로 가 주십시오."

"왜?"

"그곳 단체에서 용마총 사건에 대해 설명을 듣길 원합니다. 밀리언의 주장으로는 화룡대란을 막는 것만큼 중요한 일이라고 하는데 저를 대신할 사람으로는 척룡조에서 정객이 유일합니다."

일엽이 눈을 빛냈다.

"이유는 그뿐이더냐?"

"조만간 무림에 전쟁이 터질 겁니다. 칠 년 동안이나 지속되는 전면전인데 중원에 남아 있으면 정객께서도 결국 그 전쟁에 휩쓸리게 될 겁니다. 그러니 당분간 무림을 떠나 있도록 하십시오."

일엽이 잠깐 생각하고 다시 물었다.

"청이 두 가지라고 했다. 다음은?"

그는 바닥의 이추수를 안아 들고 일엽의 앞으로 다가갔다.

"중원을 떠나기 전에 이 아이를 악양루로 보내, 포객과 만나도록 조치해 주십시오. 이유는 묻지 말고 꼭 그렇게 처리해 주십시오."

일엽이 묘한 눈으로 쳐다봤다. 현장에 구중섭이 자리해 있다. 구중섭에게 바로 부탁하면 될 일을 왜 복잡하게 처리하느냐는 뜻이다.

그는 뜻을 밝혔다.

"포객에게는 이 아이에 대해 아무런 말도 해주지 마십시오. 난 이 아이가 포교로서 평범하게 자라길 원합니다."

이추수를 일엽에게 건네기 전에 그는 잠시 가슴에 깊이 안았다.

다시 볼 수 없다고 생각하니 심장이 잘려 나가는 것 같았다. 그는 그녀의 귀에 입을 붙이고 낮은 음성을 전했다.

이 말은 꼬마 이추수가 아닌 미래의 이추수에게 보내는 말이다.

[후회하지 않습니다. 당신과의 만남은 내 삶의 유일한 즐거움이었습니다. 나는 천 년을 어둠 속에서 살아가더라도 역시 같은 선택을 할 것입니다.]

이추수를 일엽의 품에 건넸다. 일엽의 가슴으로 옮겨질 때 이추수가 정신을 거의 잃은 상태에서 그를 멍히 바라봤다.

잘못 본 것일까. 그녀의 눈동자 속에서 한줄기 이슬이 반짝인 것은.

안건을 마친 그는 일엽에게 정중히 포권하는 것으로 헤어짐의 인사를 전했다.

일엽은 이때 그의 인사에 손을 저었다.

"네 할 일을 다 마쳤느냐? 하면 이제 내 할 일을 해도 되겠느냐?"

그는 일엽의 의도를 모르는 상태에서 고개를 끄덕였다.

일엽은 요대에 걸린 청송검을 풀어 그에게 던졌다.

"그것은 청성파의 십육대 장문인이셨던 혜선 사조께서 내게 하사한 검이다. 앞으로는 네가 그 검을 사용하도록 해라."

청송검을 받아 든 그는 의문의 눈으로 일엽을 쳐다봤다.

일엽이 단화진에게 물려주었던 사제지간의 검.

이 검을 일엽이 그에게 전해준 뜻을 모르진 않는다. 능파보를 가르쳐 줄 때 그랬듯 일엽은 그를 남과 다르게 생각해 왔다. 그의 의문은 일엽이 그의 결정을 알고서도 청송검을 전했다는 거다.

"뜻은 감사하지만 저는 이 검을 받을 수 없습니다."

그의 사양에도 불구하고 일엽은 자신의 뜻을 관철했다.

"나는 이미 검을 전했다. 이제부터 그것을 사용하고 말고는 전적으로 너의 문제이다."

"왜 이러십니까? 제가 검을 사용할 일이 없다는 것을 알고 있지 않습니까?"

"하!"

일엽이 등을 돌리고 앞으로 걸어갔다. 일엽의 음성이 들려온다.

"내가 너의 결정을 말리지 않듯 너도 나의 결정을 꺾지 못

한다. 진인사대천명(盡人事待天命)! 일은 사람이 하되, 결과는 하늘에 맡긴다!'

일엽의 모습이 무림인들의 진영 속에 잠겼다.

담사연은 일엽의 모호한 말뜻을 생각해 보곤 고개를 저었다. 화룡도와 같이 죽기로 결심한 마당에 의문을 풀어보는 것은 부질없는 짓이었다.

일엽과의 인사를 끝으로 무림인들이 앞으로 걸어왔다. 그들은 화룡도를 어서 가져오라고 무언의 압박을 전했다. 그는 그들을 마주 본 자세에서 무장을 해제하며 생각해 봤다.

죽기 전에 어떤 말을 남겨야 아비객의 최후에 어울릴까.

그는 피식 웃었다. 이 역시 죽음 앞에서는 다 부질없었다.

팔금석만 남기고 무장해제가 끝나자 진서벽이 말했다.

"아비객은 우리의 일처리 방식에 불만을 품지 말게. 지금의 과정도 우리로선 최대한 양보를 한 것이네. 용문 상황이 끝나면 공정한 수사를 통해 공과 사를 가릴 것이네."

진서벽이 무슨 말을 하든 그는 관심이 없었다. 그는 무림인들을 마주 본 자세에서 초일광을 일으켰다. 그의 갑작스런 무공 발휘에 무림인들이 흠칫했다. 그는 초일광이 발휘된 손가락으로 무림인들을 쭉 가리키며 말했다.

"내가 오늘 이러한 결정을 하는 것은 너희의 압박에 굴복했기 때문이 아니다. 나는 내 의지로서 오늘의 사태를 정리하

고자 함이니 너희는 오늘의 일을 죽을 때까지 부끄러워하게
되리라."

말을 끝낸 그는 손가락의 방향을 동쪽으로 획 돌렸다.

표적은 조순이다.

조순이 놀란 얼굴로 그를 쳐다보던 그때 그의 손가락에서
초일광이 발출됐다.

원거리 저격. 초일탄이다.

"아악!"

조순의 가슴이 초일탄에 뚫렸다. 조순은 비명과 함께 단애
아래의 용암으로 떨어졌다.

"아비객! 무슨 짓이야!"

무림인들이 발끈하며 무기를 빼 들었다. 공격은 바로 이어
지지 못한다. 삼십 장을 날아간 빛의 검이다. 무림의 어떤 지
력도 이보다 강하지는 않다. 그는 서로의 눈치를 보며 공격을
망설이는 무림인들의 모습을 조소하듯 쳐다보고는 화룡도를
향해 돌아섰다.

화룡도가 그의 눈앞에서 화염광을 발산하며 윙윙거리고
있다.

현실의 삶 이십사 년.

꿈속의 삶 삼십 년.

그 고단했던 인생을 이제 끝마칠 때다.

"하아아!"

그는 망설임없이 단애에서 뛰어올랐다.

콰아앙!

등 뒤에서 폭음이 쩌렁 울렸다.

그는 악문 신음을 토하며 바닥에 쓰러졌다.

척추가 부러진 것 같은 고통은 둘째 문제이다.

"감히! 누가!"

그는 노한 심정으로 벌떡 일어섰다.

피눈물을 참고 결정한 죽음이다. 어떻게 그것까지 마음대로 되지 않는다는 건가.

"……!"

노했던 감정은 곧 의문으로 변한다.

무림인들의 진영을 무차별적인 공격으로 가르고 나온 산발의 홍의인. 얼굴에 못 같은 침을 가득 꽂아둔 흉측한 괴인. 그를 공격한 이는 혈마 소적벽이었다.

혈마가 그를 향해 달려오며 소리쳤다.

"화룡도는 나의 것이다! 어떤 놈도 내 칼을 가져가지 못한다!"

퍼억!

혈마의 장력이 다시 한 번 그의 신체를 타격했다. 반격은 생각도 못 한다. 그는 비틀거리며 물러나는 과정에서 전음을 날렸다.

[선배, 대체 왜 이러십니까!]

"닥쳐!"

혈마의 대답은 혈수장이다.

콰앙!

방어를 하지 않았기에 이번엔 정말로 제대로 맞았다.

그는 피를 울컥 토하며 바닥에 나동그라졌다.

그 모습을 본 혈마가 제자리에서 훌쩍 뛰어올랐다. 혈마의 손에서 무언가가 번쩍인다. 선인창이다.

[능광검을 사용하라, 어서!]

혈마의 전음이 뇌리를 쩌렁 울린다.

그는 드러누운 자세에서 본능적으로 능광검을 일으킨 손을 뻗어냈다.

쿠아아앙!

능광검과 선인창의 격돌에 단애가 뒤흔들렸다.

격돌의 현장은 두 가지 불가공법에서 파생된 빛살의 서기와 암석의 파편으로 온통 뒤덮였다.

잠시 후 격돌의 여파가 가라앉고 현장의 모습이 드러났다.

담사연은 누워 있고 혈마는 선인창을 내려찍은 자세로 동작이 멈추어져 있다. 격돌의 결과는 담사연의 승리이다. 담사연의 손이 혈마의 복부를 뚫고 있다.

"막앗!"

순간적으로 벌어진 싸움이기에 무림인들이 이제야 앞으로 달려 나왔다.

선두는 일엽이었다.

일엽의 검이 혈마의 등을 찔렀다. 혈마는 고통의 신음과 함께 바닥에 쓰러졌다.

현장 상황은 급진전됐다. 혈마가 쓰러지던 그때 담사연이 벌떡 일어나서 화룡도로 몸을 내던졌다. 담사연이 화룡도를 손에 잡자 강렬한 화염광이 칼날에서 발산되었다.

"화룡도는 신의 병기! 나 이외에는 누구도 이것을 소유하지 못하리라!"

담사연은 화룡도를 잡은 채로 용암으로 떨어졌다. 동반 자살이다. 무림인들이 깜짝 놀라 단애 앞으로 뛰어왔다. 척룡조도 이때 같이 달려와 단애 아래를 내려다봤다.

용암 속에서 화룡도가 굉음을 울리며 요동쳤다. 담사연은 신체가 녹아내리는 상태에서도 화룡도를 놓지 않았다. 송태원과 구중섭이 비명을 질렀다. 양소와 천이적은 야랑을 외쳤고, 유연설과 소유진은 눈물을 쏟아내며 바닥에 털썩 주저앉았다.

이러한 현장의 반응에서 예외는 단 한 사람.

일엽이 뒤돌아 바닥의 혈마를 내려다봤다.

[네 얼굴에 꽂힌 것은 혈마의 백팔고뇌침이다. 백팔고뇌침은 삼천 일이 흐른 후에 네 살 속으로 녹아들어 재활의 무력으로 변한다. 그러니 견뎌라. 무조건 견뎌라. 육체와 정신의 고통을 네가 견디지 못하면 선인의 희생이 무의미해진다.]

일엽을 쳐다보던 혈마의 눈이 감겼다.

눈꺼풀에도 침이 꽂혀 있는 혈마의 얼굴이다. 감긴 눈에서는 눈물 같은 핏물이 뚝뚝 흘러내렸다.

9장

시공무인(時空武人).

―거부하지 말라! 악인권에 내장이 뚫려 나는 어차피 죽는
다! 재가 되어 죽는 것이나 녹아 죽는 것이나 무슨 차이가 있
겠느냐.

　―그렇지 않습니다. 이건 개죽음입니다. 화기를 막는 팔금
석을 소유한들 탐욕의 마력은 견딜 수 없습니다. 화룡도는 오
직 나만이 소멸시킬 수 있습니다.

　―천만에! 악의 끝에서 선을 깨우친 몸이다. 천하의 어떤
기물도 나를 탐욕에 물들게 하지 못한다.

　―선배, 아무리 그래도!

—너는 분명히 알라. 나의 희생은 다른 누구도 아닌 나를 위한 길이라는 것을. 선인에게 악인권이 축복이 아니듯, 악인에게 선인창도 절대 축복이 아니다. 선인창을 성취한 후로 아무리 괴로워하고 회개해도 전날의 죄가 씻기지가 않는다. 삶의 끝에서조차 선하지 않는다면 나는 진정… 진정… 죽어서도 용서받지 못하리라…….

망량의 시공간 속에서 혈마의 음성이 들려온다.

이 음성은,

그를 현실로 되돌려 보내는 음성이자,

시공결로 엮인 그의 지난 삶을 정리하는 음성이다.

"아아아아아!"

단애 아래에서 함성 같은 울림이 들려왔다. 단애가 진동하며 용암이 출렁거렸다.

용암의 출렁임은 소용돌이로 변했고, 소용돌이의 중심에서 그가 하늘로 솟구쳐 올랐다.

헤수스!

그는 날아오르는 과정에서 벽면에 박혀 있는 헤수스를 뽑아냈다.

칠채궁이 바로 조준된다.

표적은 용종. 격발을 방해하는 요소는 매불립. 매불립이 왼손으로는 이추수의 머리를 잡고 오른손으로는 용종에 박힌 조순의 머리를 잡고 있다.

후우우웅!

용종의 태기가 조순과 이추수를 거쳐 매불립에게 빨려든다.

막대한 기력이 휘몰아친다.

기력이 휘몰아칠 때마다 매불립의 얼굴에서는 화룡의 형상이 순간순간 지나간다.

이윽고 매불립이 희열의 음성을 토한다.

"으핫핫핫! 군자성도 여불청도 이루지 못한 불멸의 삶! 그것을 내가 완성했도다!"

사정거리 삼십오 장!

조준 완료!

그는 입꼬리를 비틀었다.

"천만에!"

투웅!

헤수스가 빛살처럼 날아가 용종에 꽂혔다.

콰앙!

용종이 산산조각 났다.

매불립과 이추수, 그리고 용종에서 분리된 조순이 한꺼번에 바닥을 나뒹굴었다.

그는 칠채궁을 등 뒤로 돌리고 단애 끝에 올라섰다.

매불립이 그 모습을 보곤 벌떡 일어섰다.

용종은 파괴되었고, 용의 태기는 사라졌다.

매불립의 허망한 심정은 곧 주체 못할 분노로 변한다,

"네놈이… 네놈이 또 나의 대업을 망치는구나! 으아아
아!"

매불립이 광분한 모습으로 악인권을 일으켜 그에게 달려
갔다.

반맹의 총공격이다.

사망탑의 자객들이 그를 표적으로 뛰어가며 양정의 월광
을 날렸다.

현장에 남아 있던 반맹의 무인들도 이 순간 모두가 칼을 휘
두르며 그에게 몰려갔다.

그는 단애 끝에서 한 걸음도 움직이지 않고 전방을 응시했
다.

그를 향해 몰려오는 적들은 이 순간 그의 시선 안에 없었
다. 그는 지금 글썽이는 눈으로 전방의 하늘을 바라보고 있었
다.

한 사람의 모습이 하늘에 그려진다.

그의 형, 담사후이다.

용마총의 마지막 전투.

이 싸움은 그가 형에게 바치는 선물이다.

그는 오른손을 하늘로 들었다.

콰콰콰! 콰콰콰!

월광과 초일광이 따리처럼 엮여 하늘 저 멀리 날아갔다.

초성광의 빛.

신령스런 빛의 집체가 하늘 저 끝에서 폭발했다.

수십, 아니, 수천 개로 갈라지는 은빛과 금빛의 빛살!

빗살은 유성우처럼 지상의 인간들을 폭격했다.

형의 음성이 그의 귀가로 들려온다.

─이것은 형이 아우에게 전하는 선물! 세상을 더럽힌 괴수를 응징하는 인간의 힘! 초성광(招星光)의 무력이 오늘 여기, 몽환의 대지에서 구현되리라!

            *   *   *

용마총 비룡문.

뚫는 자와 막는 자의 싸움. 일천 대 이의 전투가 아니다. 전투 중에 반맹의 지원군이 현장에 더 도착했다.

이 때문에 송태원과 백리문은 각각 일천 대 일에 육박하는 전투를 펼쳤다.

맹주의 직위와 검선의 명성은 실전의 현장에서 의미가 없었다.

타협이 배제된 전투였다. 충무검대는 맹주와 검선의 목을 자르고자 구파의 무인들을 앞세워 파상적으로 공격을 퍼부었다.

송태원과 백리문도 전투를 함에 검초에 인정을 담지 않았다.

평상시에는 후덕한 맹주이고, 너그러운 검선이지만 그들은 참혹했던 칠년전쟁에서 승리를 쟁취해 낸 의지의 전사였다.

반맹의 무인들을 죽이는 것에 망설이지 않았고, 때론 섬뜩할 정도의 냉정함으로 평소에 알고 지낸 구파 무인들의 목을 잘랐다.

막는 자와 뚫는 자의 싸움 두 시진.

잘린 사체가 눈물의 언덕에 무수히 쌓이는 가운데 먼저 물러선 쪽은 충무검대의 무인들이었다.

뚫고, 또 뚫어도, 맹주와 검선의 방어벽은 뚫리지 않았다.

맹주는 화려한 초식을 바탕으로 동에 번쩍 서에 번쩍 신출귀몰하게 움직이며 반맹의 무인들을 물리쳤고, 검선은 태산압정 한 가지 초식만으로 두 시진째 비룡문 앞을 굳건히 지켰다.

"내가 잘못 판단했다. 구대문파 출신이 아니라고 해서 맹주와 검선의 무공을 평가절하했건만 오늘 보니 당신들은 내 생각보다 두 배는 더 강한 존재이다."

불존 장천사가 전투 소감을 솔직히 말했다. 물론 굴복을 하거나 공격을 끝내는 것은 아니었다. 맹주와 반맹은, 아니, 송태원과 장천사는 이제 타협을 할 수 없는 적대적 관계가 되어 있었다.

장천사가 결연히 앞으로 나섰다.

"하나, 그렇다고 해도 결과는 달라지지 않는다. 오늘 당신들을 죽이지 못한다면 내 뼈를 이곳 용마총에 묻으리라!"

수장의 뜻이 확실하자 충무검대의 무인들도 이번 공격에서 끝을 본다는 각오로 검집과 칼집을 바닥에 내던지고 앞으로 나섰다.

"흠."

결연한 심정은 피차에 마찬가지이다.

백리문이 앞으로 걸어 나와 송태원의 옆에 자리했다. 태산압정의 자세는 여전하지만 검력의 세기가 달라졌다. 백리문의 검봉에서는 백색의 서기가 강력히 휘돌았다.

서로 간에 물러설 수 없는 전투.

이 전투를 방해하는 요소는 용마총 안에 있었다.

콰르르릉!

용마총이 돌연 뒤흔들렸다.

화탄 폭발 같은 드센 흔들림은 아니다. 대지로 전해져 오는 기력. 이건 기력의 발출로 인한 현상이다.

송태원이 백리문을 문득 돌아봤다.

"느꼈습니까?"

"네."

"나도 느꼈습니다. 뭐였지요?"

"모르겠습니다. 검기 같은데 이 정도로 강한 검기가 있었 다니⋯⋯."

말 이후 백리문은 심각한 안색으로 무언가를 생각했다. 전방의 전투 상황이 부차적인 문제가 될 정도로 이 현상에 몰입되어 있었다.

한편 돌연한 현상에 영향을 받은 것은 장천사도 마찬가지였다.

장천사는 기력을 감지한 즉시 무인들의 공격을 중단시키고 용마총을 의문스럽게 쳐다봤다.

미증유의 기력 발출!

대체 용마총 안에서 무슨 일이 벌어졌는가.

그렇게 반각이 지나 일각이 흘러갔을 때다.

두두두두!

집단적인 발소리가 용마총 안에서 들려온다 싶더니 비룡 문의 철문이 통째로 넘어졌다. 무인들이 그 안에서 쏟아져 나온다.

망월루가 아닌 반맹의 무인들이다.

그들은 거의 정신이 나간 모습이 되어 있는데 그중에는 야독제와 표국왕 막원순 같은 절정고수도 포함되어 있었다.

밖으로 뛰쳐나온 야독제가 장천사에게 무언가를 다급히 전했다.

장천사의 안색은 돌처럼 굳었고, 곧 이어서는 충무검대의 퇴각을 신속히 명했다.

장천사는 현장을 떠나기 전 송태원에게 경고 같은 말을 전했다.

"송 맹주는 분명히 알라. 정존이 죽었다고 해서 반맹이 해체된 것은 아니다. 당신이 무림 문파의 전통을 깨뜨리는 정책을 고수하는 한 앞으로도 제이, 제삼의 반맹은 계속 결집될 것이다."

"충고는 감사히 받아들이겠지만, 장 형이 그런 말을 할 처지는 아니지. 조만간 숭산에 올라갈 테니 그때 봅시다."

송태원이 말과 함께 검을 검집으로 돌려 넣었다.

상대가 물러서는 지금 확전에 나설 필요는 없었다. 전투의 목적은 충무검대의 용마총 진입을 막는 것에 있었다.

장천사와 충무검대가 눈물의 언덕 아래로 내려갔다.

송태원과 백리문은 씁쓸한 얼굴로 서로를 돌아봤다. 둘이서 이천 명에 육박하는 무인을 막아냈지만 사상자가 너무 많이 나왔다.

상황이야 어찌 됐든 무림의 존경을 받는 맹주로서, 검선으로서 책임감을 통감하지 않을 수 없다.

백리문이 말했다.

"송 맹주는 앞으로 마음을 단단히 먹어야 할 겁니다. 구파십문을 혁파하지 않고서는 오늘의 사태가 진정되지 않을 테니까요."

송태원은 백리문을 끌어들이는 말로 화답했다.

"검선께서 다시 일선에 나와주신다면 내가 그 일을 못 할 것도 없지요."

백리문이 실소를 머금었다.

"후, 이제 보니 송 형은 그동안 검술보다 화술이 더 늘었군요."

쌍룡검주로 불렸던 두 사람이다. 송태원은 백리문의 표정만 보아도 그 뜻을 알 수 있다.

백리문의 지금 말은 일선 복귀를 선언한 것과 다름없었다.

백리문이 화제를 돌렸다.

"참, 송 형. 나 먼저 용마총으로 들어가 봐도 되겠지요."

"그렇게 하십시오. 난 이곳이 정리되는 대로 뒤따라가겠습니다."

송태원의 말이 끝나자마자 백리문이 용마총으로 들어갔다.

송태원은 백리문의 뒷모습을 보며 피식 웃었다. 그 심정 모르지 않는다.

조금 전의 그 현상.

검기 같은 기력 발출. 천하제일검의 명성을 가진 검사로서 그것에 대해 알아보고자 함인 것이다.

*   *   *

용마총 와룡대.

초성광 발현을 끝으로 용마총 전투는 끝이 났다.

그에게 달려들었던 정존 포함 사망탑의 자객들은 몸이 분체 되어 시신조차 제대로 남기지 못했고, 간신히 살아남은 반맹의 무인들은 초성광 발현에 충격을 받아 전부 도망가거나 제자리에서 백기를 세워 올렸다.

충격을 받아 전투에 나설 생각을 못하는 것은 망월루 무인들도 마찬가지였다.

유성우처럼 하늘에서 쏟아진 빛살의 검, 이러한 검공은 무림의 역사 어디에서도 없었다.

화산파 장문인 남강조차 그 순간에 망연한 얼굴로 검을 내려놓았다.

검강과 어검술을 뛰어넘는 상승검도의 또 다른 경지!

초성광 발현 후에 망월오호는 놀란 가슴을 달래며 이러한 소감을 남겼다.

"검가의 역사가 오늘로써 바뀌었도다. 무당파와 화산파는 이 검공을 꺾는 무형검의 경지를 열지 못하는 한 검문의 태산북두라고 감히 칭하지 못하리라."

와룡대 현장을 충격으로 몰아넣은 장본인. 그는 장내의 주목 속에 박살 난 용종 앞으로 걸어갔다. 그곳 바닥에 이추수와 조순이 각각 쓰러져 있었다.

조순은 그에게 관심 밖의 인간이다. 그는 이추수를 가슴에 안아 상태를 살펴봤다. 다행이었다. 용종이 파괴될 때 충격을 받아 정신을 잃긴 했지만 생명에는 지장이 없을 것으로 보였다.

우측 십 장 건너편에 포교들이 자리해 있었다. 그는 포교들을 손짓으로 불러들였다. 포교들이 뛰어와 그의 앞에 도열했다. 그를 바라보는 포교들의 표정은 아직도 넋이 반은 나가 있었다.

"줍포왕은 어디에 있지?"

그의 물음에 포교들은 방금 그들이 달려온 장소를 가리켰다. 그곳 가장자리에 줍포왕이 가부좌를 틀고 운기조식을 하고 있었다.

줍포왕은 조금 전, 와룡대 동상에서 태화기가 발출될 때 이추수를 몸으로 막아 지켜냈다.

자신의 몸을 돌보지 않은 육탄 방어였기에 심각한 내상을 입었는데 그래서 이추수의 생존이 확인된 후로 즉시 운기조식에 들어갔다.

"이 포교를 저리로 옮겨 몸을 돌봐주어라."

"네!"

포교들이 이추수를 업고 줍포왕의 옆자리로 향했다.

그는 내심 착잡했다.

이추수를 왜 직접 돌봐주지 못할까. 이젠 시공결과도 상관없지 않은가.

마음만 먹으면 혈마의 신분을 벗어던지고 얼마든지 그녀 앞에 나설 수 있지 않은가.

"휴우."

그는 무거운 숨을 내쉬며 돌아섰다. 아직은 때가 아니었다. 아니, 아직은 때가 아니라고 그렇게 변명이라도 하고 싶었다.

"야랑, 이것 봐! 내가 원래대로 돌아왔어! 내 몸이 다시 인간으로 변했어!"

조순의 음성이 들려왔다.

그는 조순을 돌아보다 말고 눈살을 찌푸렸다. 인간의 신체로 변했다고 조순이 쾌재를 부르고 있지만, 그의 눈으로 본 조순은 여전히 괴물의 신체였다.

사지의 형상만 붙어 있을 뿐 신체에는 용종의 껍질이 온통 깊이 박혀 있었다.

게다가 조순은 일어서지도 못하고 바닥을 박박 기고 있었다.

그는 조순의 머리 앞으로 바짝 다가가 발을 들었다.

조순이 멈칫했다.

"이, 이러지 마라! 넌 내 신세가 불쌍하지도 않느냐."

눈치는 빠르다. 그는 이 징그러운 인간을 살려둘 생각이 전혀 없다.

조순이 소리쳤다.

"거래! 나와 거래를 하자! 야랑!"

그놈의 거래. 짜증이 솟구친다. 그는 조순의 머리를 밟고 발에 힘을 주었다. 조순의 얼굴이 짓눌리는 가운데 필사적인 음성이 들려왔다.

"화룡을 제외한 팔룡들이 어디로 갔는지 알고 싶지 않느냐? 나를 무림으로 복귀시켜 준다면 네게 그 비밀의 장소를 알려주겠다."

그는 발에서 힘을 빼고 조순을 내려다봤다.

조순이 눈을 빛냈다.

"카핫! 그렇지. 너도 관심이 있는 거지? 팔룡들은 그때 말이지, 어디로 갔느냐면… 으읍!"

발바닥에 힘이 다시 실리며 조순의 입이 막혔다. 그가 한번 내려다본 뜻은 조순의 헛소리를 막을 발의 위치를 정확히 잡기 위해서였다.

"거래는 지옥에서 해."

으드득!

조순의 입이 박살 났다. 입이 깨진 다음에는 눈알이 튀어나오고 뇌수까지 터져 나왔다.

용마총 상황이 끝났다. 이추수는 살려냈고, 매불립과 조순은 죽었다.

현장에서 그가 할 일은 이제 없다.

그는 이추수가 있는 곳을 잠깐 쳐다보곤 용마총 입구로 몸을 돌렸다.

전방에서 육산이 걸어왔다. 육산의 옆에는 망월구객들이 자리해 있었다.

망월구객과의 대면.

그는 육산을 향해 고개를 저었다.

용마총 상황을 막 끝낸 지금, 누구도 만나고 싶지 않다. 그냥 아무도 모르는 곳에 가서 푹 쉬고 싶다.

그의 거부에 망월오호가 육산과 잠깐 대화를 하곤 홀로 앞으로 걸어왔다. 망월구객을 대표해서 나온 것이라 할 수 있다.

오호가 말했다.

"자네가 이 자리를 싫어하니 우리의 뜻만 간략히 전하겠네. 들어주시게."

그는 침묵 속에서 오호를 주시했다.

"자네도 알다시피 최근에 반맹 사태로 무림이 상당히 혼란스러웠네. 신마교와 매불립이 반맹의 주동자이긴 하지만 그 내막을 보면 그들은 반맹 사태의 실질적인 핵심이 아니네. 반맹의 핵심은 바로 구대문파와 오가십문으로 잘 알려진 무림의 대문파이네. 무림의 기득권 세력이라고 할 수 있지."

"……."

"우리는 사문에서 반맹의 사조직이 결성되는 것을 알고 있었지만 막지를 못했네. 자네는 우리가 반맹을 막지 못한 이유가 뭐라고 생각하는가?"

그는 침묵의 눈길을 유지했다. 아귀굴에서 십오 년간 살았다. 알 수도 없고 관심도 없다.

"그건 반맹의 씨앗을 우리가 뿌렸기 때문이네. 우리에게 원죄가 있었던 게지. 십오 년 전, 바로 이곳에서 한 사람의 자객과 그 동료들이 천하대란의 위기를 막았네. 그때 우린 초조함과 사심으로 인해 무림인으로서 도리에 어긋나는 짓을 했었네. 되돌아보면 참으로 부끄러운 행동이었지."

오호가 무슨 뜻을 전하려는지 그는 이제 알 것 같았다. 아울러 망월구객이 어떤 신분들인지 짐작되고 있었다.

"우리가 오늘 용마총으로 자진해서 온 것은 그 원죄를 씻어내기 위함이었네. 그때의 죄를 씻어내야만 반맹을 처단할 자격이 있다고 생각한 게지."

그는 처음으로 입을 열었다.

"그런다고 당신들의 죄가 씻긴다고 생각하는가? 지나간 이들의 희생과 흘러간 세월은 누가 어떻게 보상할 건데?"

"그래서 이렇게 자네 앞에 모였네. 망월루주에게 간곡히 청해 자네의 신분을 확인했네. 자네가 겪은 고난의 세월은 되돌릴 수 없겠지만 우린 지금 진심으로 자네에게 사죄하네."

오호가 죽립을 벗고 허리를 숙였다. 무당파 장문인 태정이었다.

태정의 인사에 이어 망월구객 모두가 그에게 허리를 정중히 숙였다.

그는 그들의 모습을 한동안 노려보곤 뒤돌아 걸어갔다. 무림인들의 사과를 받을 자리가 아니며 또한 그렇게 쉽게 용서해 줄 마음도 없었다.

실종된 척룡조가 한자리에 모이지 않는 한 그는 무림인들의 사과를 받지 않을 생각이었다.

무림은 칼과 칼이 맞부딪치는 세계이다. 그곳에서 살아가는 무인의 연은 서로 간에 복잡하게 얽혀 있다. 와룡대를 나와 용비광장을 지나 비룡문으로 향할 때였다.

"멈춰!"

등 뒤에서 날 선 음성이 들려왔다.

간단히 무시할 수준이 아니다.

한 걸음만 움직여도 허리가 잘릴 것 같은 검의 기세가 느껴진다.

"아비객, 네놈이지? 날 속이려 들지 마! 네놈의 모습은 지옥에서도 알아볼 수 있어."

음성이 귀에 익었다.

그는 상대를 자극하지 않는 선에서 천천히 몸을 돌렸다.

외눈의 검사, 점창지존 조광생이 검을 들고 서 있었다.

그는 찌푸린 눈으로 조광생을 쳐다보곤 다시 뒤돌아섰다.

구인회의 일원이긴 해도 조광생의 사제를 죽였고, 나아가서는 조광생의 눈에 쇠뇌전까지 꽂아 넣었다. 원인과 결과를 떠나 서로는 칼로 풀어야 할 원수 사이가 분명 맞지만 지금은 싸우고 싶은 기분이 전혀 들지 않았다.

등 뒤에서 조광생이 소리쳤다.

"뭐하는 거야, 아비객! 당장 돌아서! 벤다! 베고 말 것이다!"

그는 뒤돌아보지 않고 말했다.

"그냥 가시오. 지금 내가 등을 돌리면 당신은 죽어."

"으으."

조광생이 악문 신음을 흘려냈다.

살의가 느껴진다.

그는 손가락 끝에 월광을 일으켰다.

조광생이 검을 뽑는다면 그로서도 어쩔 수가 없다.

"점창지존은 그릇된 판단으로 검사의 명예에 오명을 남기는 일을 벌이지 마시오."

조광생의 발검을 막는 음성이 전방에서 들려왔다.

청의 검사가 비룡문 방향에서 걸어오고 있었다. 그는 청의 검사를 이채롭게 바라봤다. 그와는 또 다른 인연이 있는 존재, 백리문이었다.

백리문은 조광생 앞에 다다라 준엄히 말했다.

"조 장문인은 화연산의 복수를 하고 싶은 거요, 아니면 점창파의 명예를 되찾고 싶은 거요? 만약 전자의 원한으로 검을 사용하다면 조 장문인은 오늘 용마총 사건을 일으킨 반맹의 무리와 다를 바 없소."

"으음."

조광생이 이를 악물었다. 백리문의 말뜻을 어찌 모르랴. 즙포왕과 같이 활동했기에 이번 상황에 대해서는 조광생도 아주 잘 알고 있다.

"하나, 검의 종가로서 점창파의 명예를 되찾기 위함이라면 이 자리는 조 장문인이 멸절육검을 사용할 장소가 아니오. 훗날을 기약하시고 돌아가시오. 조 장문인이 비무첩을 돌린다면 천하의 검사들은 기꺼이 참석해 그 자리를 빛내줄 것이오."

조광생이 심정을 정리하곤 검을 검집으로 돌려 넣었다. 극도의 수양이다. 복수의 감정은 이제 조광생의 얼굴에서 보이지 않는다.

"살아 있다는 것을 확인했으니 용마총에 온 보람이 있군. 아비객, 잊지 마라. 오늘 이후로 사천의 검귀가 네 목을 항시 노리고 있다는 것을."

경고의 말을 끝으로 조광생이 뒤돌아 걸어갔다.

백리문과 둘만 남은 자리이다.

그는 방립을 벗고 어색한 미소를 지었다. 백리문과도 칼로 풀어야 할 원이 있지만 그건 조광생의 복수전과는 성격이 많이 다른 무인의 대결이 될 것이다.

그는 솔직히 말했다.

"고맙습니다. 백 형의 도움이 아니었다면 난감한 처지가 되었을 겁니다."

아귀굴을 나온 후로 그가 혈마의 어투를 사용하지 않은 것은 이번이 처음이다. 그만큼 백리문이란 존재는 그에게 특별하다.

"난감한 처지라……. 그건 사천의 검귀를 두 번 죽이는 말 아닙니까? 그렇게 검공에 자신이 있으십니까? 궁금한데 나도 검을 한번 들어볼까요?"

"……!"

그는 백리문을 힐끗 쳐다봤다.

"농입니다. 당신의 눈앞에서 오가구파십문의 수장들이 무인의 자존심을 꺾고 허리를 숙였습니다. 그런 분을 내가 무슨 재주로 상대하겠습니까?"

백리문이 말과 함께 빙그레 웃었다. 검사의 여유가 느껴지는 미소. 이런 여유는 강자만이 보일 수 있다.

"송 맹주에게 담 형의 이야기는 귀가 따갑도록 들었습니다. 송 맹주는 담 형을 의협 자객의 길을 걸은 위대한 무인이라고 칭송하였지요. 내 생각은⋯⋯."

"생각은?"

"뭐 위대한 무인까지는 아니고, 의협 자객은 일단 맞는 것
같습니다."

그는 백리문의 말에 동의했다. 자객이란 말. 거기까지가
딱 좋다. 위대한 무인이라는 칭송을 들을 만큼 바르게 살지도
못했고, 또 정당한 승부도 하지 못했다.

"일간 항주로 한번 오십시오. 서호에 천애정이란 수상정자
가 하나 있는데 그곳에서 수면을 바라보며 마시는 백주가 아
주 일품입니다."

백리문이 인사의 말을 먼저 전했다.

혼자 있고 싶어 하는 그의 마음을 알아낸 것이리라.

그는 백리문에게 정중히 포권했다.

"하면 다음에 뵙겠습니다."

"네, 편히 가시기를."

백리문을 등 뒤에 두고 그는 비룡문으로 걸어갔다.

재출도한 무림 인생.

걸어갈 때 그는 무림인들이 백리문처럼 그에게 다가오면
얼마나 좋을까 생각해 본다. 백리문은 전날의 연에 얽매이지
도 않고 누구처럼 무인의 승부를 말하며 그에게 부담 주지도
않는다. 그런 좋은 사람들과 인연을 맺을 기회가 과연 다시

있을까.

"휴우."

그는 착잡한 숨을 흘려냈다. 천하는 넓다. 좋은 사람들과 새로운 인연을 맺는 것은 얼마든지 가능하겠지만 아직은 그가 그런 새 삶을 살아갈 자신이 없다. 시공결이 과연 끝난 것인지도 확신이 서지 않는다.

주변인들에게 불운을 전했던 시공결의 인생이다. 인연을 맺는다면 그 사람들은 이제 무사할 수 있을까?

"이럴 땐 아귀굴이 그립군. 그곳엔 좋은 놈들이 없었으니……."

10장

시공의 연인

태화 구 년 일월 삼 일 대포청.

태화 팔 년에서 태화 구 년으로 해가 바뀌었다.

이추수는 스물다섯 번째의 생일을 맞은 오늘도 대포청 관사 안에서 나오지 않았다.

즙포왕이 반맹 사태의 후속 처리에 바쁜 와중에서 시간을 쪼개 아침 생일상을 준비했건만 그 자리에도 참석하지 않았다.

보름이 지나 한 달이 넘어가는 이추수의 칩거였다. 그녀는 칩거 중에 온종일 울기만 했다. 아침에는 침상에서 일어나 울고, 오후에는 탁자에 앉아서 울고 밤에는 창가에서 달을 바라보며 울었다.

삼 일 전, 해가 바뀌던 새해의 첫날, 그녀의 감정 상태가 너무 걱정되어 즙포왕이 맹주에게 부탁해 그녀가 예전에 그토록 원했던 용난화 전서를 가져다주었는데 그건 오히려 불난 집에 기름을 들이부은 격이 되어버렸다.

용난화 전서에는 아비객의 자객사가 적혀 있었다.

청성당 청부와 궁마의 척살, 화연산의 죽음과 측성대 저격 등, 아비객이 동심맹의 청부를 받아 움직였던 그 모든 과정이 상세히 적혀 있었다.

용마총에서 벌어졌던 화룡대란의 상황도 아비객의 시점에서 진솔하게 적혀 있었다.

이추수에게 문제는 되는 점은 용난화 전서의 후반부에 적혀 있는 편지 같은 글이었다.

아비객이 애절한 심정을 담아 누군가에게 보내는 글이었다.

받는 사람의 이름이 적히지 않은 글이기에 송태원과 즙포왕은 그게 그가 누구에게 보내는 편지인지 짐작도 하지 못했다.

버가 당신에게 이런 말을 해도 될까요.

당신은 참 미운 여인입니다.

여름 한낮 느닷없이 사랑이 고민스럽다고 당신은 버게 편지를 보냈지요.

그때 난 서툰 지식으로 당신에게 조언을 했는데 이제 와 생각해 보니 그건 조언이 아닌 연인의 감정에 대해 잘 모르는 남아의 어색한 참견이더군요.

누군가를 사랑한다는 것은 충분히 고민스러운 감정입니다. 연인의 조건이 고민스러운 것이 아니라 조건을 넘어서는 사랑의 감정이 고민되는 것입니다.

지금 버가 그러합니다.

당신이 어디에 있든 무엇을 하든, 버가 어디에 있든 무엇을 하든, 나는 버 가슴에 깊이 드리워져 있는 이 감정 안에서 벗어날 수 없습니다.

이 감정은 말이나 글로 설명되지 않는 묘한 힘을 가지고 있습니다. 나를 두려움을 모르는 남자로 만들어주기도 하지만 때론 바보처럼 어리석은 결정을 버리는 한심한 남자로 만들어놓기도 합니다.

나는 아마도 당신에게 한심한 남자에 가까울 것입니다. 그래서 지금 당신이 더 밉습니다.

내가 당신에게 이런 말을 해도 될까요.

당신은 참 고마운 여인입니다.

당신과 천서를 오갈 때면 나는 많이 행복했습니다. 글을 보낼 때 내가 자객이 아니었듯 글을 받을 때면 당신은 아득한 세월 저편에 있는 연인이 아니었습니다. 나는 당신과의 **만남**을 기대하는 설렌 청춘이었고 당신의 글을 볼 땐 내 앞에서 해맑게 웃는 여인의 모습을 상상하며 즐겼습니다.

내게 그런 설렌 기대감과 즐거움을 준 사람은 당신이 유일합니다. 당신이 아니었다면 나는 청춘이 왜 사랑이라는 감정 앞에 삶이 매몰되는지 진정 이유를 알지 못했을 겁니다.

나를 평범한 청춘 남아로 만들어준 당신의 감정.

그래서 지금 난 당신이 더 고맙게 느껴집니다.

너무 믿고 너무 고맙고 너무 소중했던 사람.

이제 당신과 안녕이라는 말을 나눌 때가 온 것 같습니다. 지금 누군가가 나에게 삶에서 가장 행복했던 날이 언제냐고 물어본다면 나는 주저하지 않고 이렇게 답하겠습니다.

태화 팔 년 칠월 십사 일,

그녀를 만난 미래의 그날이라고.

추신.

오늘 당신을 보았습니다.

당신은 내 상상 이상으로 더 빛이 나는 여성이더군요.

짧은 만남이었지만 후회는 없습니다.

당신을 이렇게 만나게 해준 것만으로도 나는 내 삶에서 충분한 보상을 받은 것 같습니다.

참, 수연교의 약속은 아무래도 내가 지키지 못할 것 같습니다. 다음 생에서 만날 수 있다면 그땐 꼭 당신과 수연교를 거닐도록 하겠습니다.

용난화 전서에 적힌 그의 글을 보았을 때 그녀는 바닥에 엎드려 엉엉 울었다.

울다가 실신했고, 그러다가 다시 또 일어나 남편을 잃어버린 여인처럼 서럽게 엉엉 울었다.

즙포왕이 참다못해 이추수의 방으로 뛰어들어 화를 버럭 냈지만 소용이 없었다. 그녀는 그때부터 실어증에 걸린 울보처럼 입을 다물고는 하염없이 눈물만을 뚝뚝 흘렸다.

실어증에 걸린 울보 상태.

백방이 무효인데 다행히도 즙포왕의 근심을 털어내 주겠다는 인물이 그녀의 생일날 오후 무렵에 대포청을 방문했다. 마가 집편장의 장주 마상담이었다.

"쯔쯔, 여인네 방 꼴하고는!"

이추수의 처소로 들어선 마상담은 눈살부터 찌푸렸다.

속된 말로 방이 개판이었다. 술병은 옷장 속에 있고, 옷은 바닥에 어지럽게 깔려 있었다. 창가에는 여자의 속옷이 아무렇게 던져져 있고, 탁자 위에는 대형 도마뱀처럼 생긴 흉악한 애완동물이 배를 내밀고 쿨쿨 잠을 자고 있었다.

"뭐야, 이 재수없게 생긴 놈은!"

마상담은 손가락으로 탁자에 있는 도마뱀을 툭툭 밀어내곤 의자에 앉았다. 바닥에 떨어진 도마뱀은 눈알을 희번덕거리다가 탁자 밑으로 느릿느릿 움직여 다시 쿨쿨 코를 골았다.

이추수는 마상담이 방에 들어오든 말든 침상에 허리를 기대고 멍히 앉아 있었다. 정상적인 의식주 생활을 못한 이추수이다. 아무리 출중한 미모라도 이럴 때의 모습은 하나의 표현으로 정의된다.

"이거 원 미친년이 따로 없군."

이추수가 멍한 상태에서도 마상담을 흘겨봤다. 평소였다면 즉각적으로 그 말에 대해 응징을 했을 것이다.

마상담이 이추수를 마뜩치 않게 쳐다보곤 말했다.

"이 포교, 언제까지 이러고 있을 거요?"

"……."

"지금 강호가 혈마 때문에 발칵 뒤집혔는데 이 포교가 이러고 있으면 대체 뭘 어떻게 하겠다는 거요?"

이추수는 마상담을 멍히 쳐다볼 뿐 답하지 않았다. 마상담의 말에는 관심도 없는 눈치였다.

그녀의 무반응에 마상담이 머리를 긁적였다. 질의 방법이 틀렸다. 그녀는 지금 문제 자체를 모르고 있다.

"그동안 대포청에만 쭉 있었던 거요?"

"……."

"외부 사람은 일절 만나보지도 않고?"

그녀가 고개를 끄덕였다. 처음으로 보인 반응이다.

마상담은 어이가 없다는 표정을 드러냈다.

"하! 골 잡는군. 어떻게 이런 일이 있을 수 있지. 어휴, 한심한 놈, 멍청한 년……."

마상담의 이어지는 말에서도 그 심정은 그대로 드러났다.

"한심한 놈은 남들이 다 말리는 아귀굴로 돌아가겠다고 우겨대고, 멍청한 년은 남들이 다 아는 사실을 혼자 모른 채 질질 짜대고……."

"……!"

이추수가 마상담을 째려봤다.

'한심한 놈'이 누구인지는 모르겠지만 '멍청한 년'이 본인이라는 것은 안다.

"용건만 전하세요. 여긴 왜 오신 거죠?"

그녀가 처음으로 입을 열었다.

그 모습을 본 마상담은 피식 웃었다. 뭐가 어찌 됐든 일단 실어증은 고쳤다.

"내가 여기 온 이유는 혈마를 태운 함거가 반 시진 후에 무림맹 남문으로 들어온다는 것을 이 포교에게 알려주기 위해서요."

"그래요? 그게 나와 무슨 상관이죠?"

그녀가 되물었다. 밋밋한 반응이다. 마상담은 그녀의 이러한 반응에 답답하다는 듯이 자기 가슴을 툭툭 쳤다.

"후아, 미치겠군. 이 포교 정말 대포청에서 교육받은 정식 포교가 맞습니까?"

"……."

"혹시 줍포왕의 뒷배로 포교가 된 것은 아닙니까?"

"농을 하려면 당장 돌아가세요. 난 당신과 대화할 기분이 아니에요."

이추수가 싸늘한 눈빛으로 침상에서 걸어 나왔다. 그런 후에 마상담이 보는 앞에서 방을 신경질적으로 정리하기 시작했다. 축객령의 뜻인데 그녀의 이런 심정은 마상담보다 그녀의 애완동물이 먼저 알아냈다.

바닥에 코를 처박고 잠을 자던 도마뱀이 갑자기 눈을 번쩍 뜨곤 탁자 위로 뛰어올랐다.

크으으!

"뭐, 뭐야!"

마상담은 화들짝 놀라 자리에서 일어났다.

애완동물이라고 해서 만만히 볼 대상이 아니다.

주둥이를 활짝 벌린 그 모습을 보고 있자니 십 년 전에 먹은 음식물이 입 밖으로 튀어나올 것 같다.

"겨울아, 그러면 안 돼. 사연님의 친구 분이야. 어서 물러서."

다행스럽게도 그녀의 말에 도마뱀의 흉측한 기세가 누그러졌다. 도마뱀은 탁자에서 바닥으로 내려와 다시 쿨쿨 잠에 빠졌다.

어색한 침묵이 실내에 잠시 형성된다.

마상담은 그녀의 눈치를 힐끗힐끗 살피며 말했다.

"혈마가 아귀굴로 돌아가려고 무림맹에 자수했더이다."

"......"

"맹주도 말리고 즙포왕도 말리지만 워낙에 고집이 센 인간이라 소용이 없더군요. 그래서 내가 이 포교에게 그 인간을 좀 말려달라고 부탁하고자 온 것이오."

이추수가 청소를 문득 멈추었다.

그녀로선 이해되지 않는 마상담의 말이다. 혈마의 자수는 둘째 치고 맹주와 즙포왕이 아귀굴로 들어가려는 혈마를 왜 막는다는 건가.

반맹 사건에서 공이 있든 말든 탈옥범이니 당연히 아귀굴로 재수감해야 하지 않겠는가. 그리고 더 이해되지 않는 말은 그녀에게 혈마를 말려달라고 부탁을 하러 왔다는 것이다.

"내가 나서면 달라지나요?"

"당연하지."

"왜 내가 나서야 하죠? 나는 범죄자를 잡아들이는 포교예요."

"그야 나서지 않으면 크게 후회하게 되니까 그렇지. 아무튼 혈마를 만나러 갈 생각이라면 좀 가꾸고 나가는 게 좋을 거요. 지금 모습으로 나가면 아무리 순정남이라고 해도 오만정이 다 떨어질 테니."

마상담의 애매모호한 답변은 거기까지였다. 마상담은 품속에서 무언가를 꺼내 탁자에 올려두곤 방문으로 향했다.

"이건 혈마가 아귀굴에 갇힌 상황에서도 끝까지 소지했던 물건인데 이 포교가 한번 살펴봐 주시오. 내 알기로 무림맹의 어떤 포교도 이것의 수수께끼를 풀지 못했다고 하더이다."

마상담이 처소를 나갔다.

이추수는 마상담이 놓고 간 탁자 위의 물건엔 관심을 두지 않고 처소를 계속 청소했다. 탁자 주변은 가장 마지막에 했는데 탁자 위를 치우던 그때 그녀의 시선을 확 끌어들이는 무언가가 있었다.

세월의 흐름에 색이 바라진 서간지.

전서.

그녀가 이것에 대해 어찌 모를까.

사랑을 택하자니 무인의 삶이 서럽고,

무인의 명예를 택하자니 내 사랑이 가련해지는구나.

사랑과 명예 둘 중에 하나.

스물넷 여인의 원초적인 고민을 풀어주실 분,

누구 없나요?

태화(太和) 팔 년 칠월 십사 일.

그녀가 그 사람에게 보낸 첫 번째 전서이다.

이추수는 의자에 앉아 심각히 생각해 봤다.

혈마가 이것을 어떻게 소지하고 있었다는 건가.

설령 우연히 얻었다고 해도 여인네의 잡문에 불과하거늘
혈마가 어찌 십오 년의 세월 동안 그토록 소중히 간직했다는
건가.

"아!"

그녀는 문득 가슴이 철렁했다.

이해되지 않던 마상담의 말.

그 말들이 풀린 실타래처럼 그녀의 머릿속을 온통 헤집고 있었다.

*　　　　*　　　　*

무림맹 남문.

두두두두!

한 필의 흑마가 남문을 나와 남쪽 방향으로 빠르게 달려갔다. 흑마의 등에는 이추수가 올라타 있었다. 그녀는 말을 몰고 가던 중에 눈물을 뚝뚝 흘리며 괴로워했다.

"아아! 바보! 이 바보! 내가 몰랐어! 내가 바보처럼 그를 못 알아보았어!"

그 사람을 못 알아봤던 것.

자책의 심정이 밀물처럼 밀려든다.

전서가 오갈 때 그는 늘 그녀의 옆에 있었다.

그녀가 혈지주 사건 수사에 어려워할 때는 수사의 방향을 제시해 주었고, 그녀가 납치되었을 때는 탈옥을 감행해서 납치범들을 추격했다. 용문객잔에서는 적진을 홀로 뚫고 들어와 그녀를 구해주기까지 했다.

"내가 선택한 인생의 결과이다. 후회할 것 같았으면 시작도 하지 않았다."

"그 남자를 생각하는 네 마음이 각별하구나. 그래, 네 심정을 고백은 했느냐?"

"너의 안전을 위해서다. 이 사건의 실체에 파고들수록 너는 위험해진다."

"내 여자를 괴롭혔던 악연이 있지."

그 사람과의 만남에서 그가 했던 모든 말이 뇌리에 떠오른다. 그는 그때마다 답을 가르쳐 주었다. 내가 바로 그 사람이라고, 자신이 바로 전서의 그 연인이라고.
"미안해요. 정말 미안해요. 내가 당신을 더 아프게 했어요."
두두두두두!
그녀는 박차를 가하고 말의 속도는 더 빨라진다.
전방 저 멀리에서 대나무로 상판이 덮여 있는 함거가 보인다. 이추수는 말에서 뛰어내려 함거 앞을 가로막았다.
"멈춰!"

함거가 운행을 멈추었다.

함거의 좌우에 있던 대포청 포교들도 움직임을 같이 멈추었다.

마부 자리엔 오정갈이 앉아 있었다.

"어? 이 포교? 이제 밖으로 나오신 겁니까?"

그녀는 오정갈의 물음을 무시하고 할 말을 바로 전했다.

"이 함거는 이제부터 내가 운행합니다. 오 실장과 포교들은 즉시 현장을 떠나주세요."

"이 포교, 그건 우리 마음대로 처리할 사안이……."

"문제가 생기면 내가 다 책임집니다. 어서 떠나세요. 어서!"

오정갈의 말을 자른 이추수는 귀검대를 빼 들었다. 공격의 의도가 아니라 그만큼 강한 의지를 내보인 것이다.

혈마와 사이가 남달랐던 이추수이다. 오정갈이 무언가를 잠깐 생각해 보곤 그녀의 요구대로 포교들과 함께 현장을 떠났다.

이추수는 말고삐를 잡고 무림맹과 반대 방향인 북쪽으로 한참 내달린 후에 함거의 운행을 멈췄다.

주변은 한적한 산야.

그녀는 눈물 맺힌 눈으로 함거를 주시하며 말했다.

"나오세요."

"……."

반응이 없다. 숨소리만 들려온다.

그녀는 글썽대는 눈과 다르게 음성을 높였다.

"어서 나오라니깐!"

함거의 대나무 빗장이 열리며 그가 모습을 드러냈다.

대낮.

방립을 착용하지 않은 상태이다.

"아!"

함거에서 나온 남자의 얼굴이 그녀의 눈에 선명히 들어온다.

그가 어색한 얼굴로 말했다.

"네가 여기는 웬일이냐? 나는 아귀굴로 가야 한다. 포교들
을 다시 불러와라."

"내게 할 말이 그것밖에 없어요?"

"내가 무슨 말을 해야 한다는 거냐?"

"정말 그렇게 나올 거예요?"

그녀가 그를 진하게 응시한 채 물었다.

금방이라도 눈물이 쏟아질 것 같은 그녀의 눈.

그는 그 눈을 마주보지 못했다.

"이리 가까이 와요."

그가 마지못해 그녀의 삼 보 앞에 다가섰다.

"손 내밀어 봐요."

그는 오른손을 내밀었다.

"그 손 말고 왼손!"

그가 왼손을 내밀자 그녀는 그 손의 팔소매를 걷어 올려 팔목을 내려다봤다.

태화 팔 년 구월 이십 일.

문신으로 새겨진 글자.

대안탑에서 서로가 만나기로 했던 날짜이다.

"참, 당신과의 약속을 내가 잊어먹었을 리는 없을 겁니다. 혹시 몰라 편지를 보낸 후, 왼손 팔목에 '태화 팔 년 구월 이십 일'이라고 칼자국을 새겼습니다."

"아아!"

팔목의 글자를 어루만지는 과정에서 그녀는 그만 눈물을 뚝뚝 흘려냈다.

"설명해 봐요. 당신 팔목에 왜 이 글자가 새겨져 있는 거예요."

그녀가 눈물 흘리는 눈으로 그를 쳐다봤다.

그는 이제 더는 혈마가 될 수 없다. 그녀 앞에서 그는 처음으로 담사연의 모습이 된다.

"숨겨서 미안합니다. 시공결이 끝나야만 당신 앞에 나설 수 있다고 생각했습니다."

그녀는 고개를 저었다. 그녀가 그에게 처음으로 듣고 싶었던 말은 미안하다는 표현이 아니다. 하지만 그런 그녀도 듣고 싶은 그 말을 직접 물어보지 못한 채 말을 돌렸다.

"용마총에선 왜 말도 없이 떠나신 거예요. 그땐 시공결이 끝난 상태였잖아요."

"두려웠습니다. 시공결에 엮인 모든 이가 불행하게 삶을 마쳤습니다. 내 삶은 망가져도 괜찮지만 당신만큼은 그렇게 살게 할 수 없었습니다."

"그래서, 그래서 아귀굴로 다시 돌아가려고 한 거예요?"

"……"

"정말 나 때문에 그런 거예요?"

그는 대답을 못했고 그녀가 말을 이었다.

"내가 전에 말했죠. 당신이 없는 세상은 내게 절망뿐인 세상이 된다고."

"……"

"아무리 힘들고 괴로워도, 당신만 함께한다면 난 괜찮아요. 그 삶은 당신이 없는 세상보다 나를 백배 천배 더 행복하게 해줄 거니까요."

그의 떨린 눈길 속에서 그녀가 다시 물었다.

"지금도 그래요? 지금도 아귀굴로 돌아갈 생각인 거예요?"

그녀의 눈을 바라보면서 그가 천천히 고개를 저었다.

그녀는 뺨에 흐른 눈물을 손등으로 닦아내며 울먹댔다.

"더… 더 가까이 와요."

서로의 얼굴을 눈앞에 두었다.

"하고 싶은 말 없어요?"

그는 잠시 주저하다가 말했다.

"한번 안아봐도 됩니까?"

"하아!"

그녀가 빙긋 웃었다.

눈물 젖은 맑은 웃음.

이보다 더 아름다운 미소가 있을까.

그녀는 얼굴 가득 미소를 머금은 채 그의 가슴에 얼굴을 기댔다.

"얼마든지."

『자객전서』 완결

작가 후기

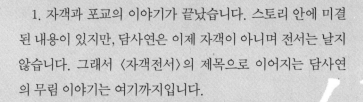

　1. 자객과 포교의 이야기가 끝났습니다. 스토리 안에 미결된 내용이 있지만, 담사연은 이제 자객이 아니며 전서는 날지 않습니다. 그래서 〈자객전서〉의 제목으로 이어지는 담사연의 무림 이야기는 여기까지입니다.

　2. 자객전서는 원래 시즌제로 구상된 작품입니다. 6권에서 판타지 용어가 나와서 다소 거북했던 분이 있었을 겁니다. 만약 2시즌이 구상되지 않았다면 판타지 설정을 전부 무협 용어로 바꾸어 글을 적었을 겁니다.

3. 자객전서의 2시즌은 무협 VS 판타지의 전면전입니다. 제목은 〈구룡쟁투—멸망의 전쟁〉입니다. 두 세계의 충돌은 대충 싸우다가 서로 평화롭게 물러나는 결과가 아닌, 둘 중 하나의 세계만 살아남는 종말의 전쟁사가 될 겁니다. 자객전서에서 능력에 비해 상대적으로 출현 빈도가 낮았던 인물들은 그 스토리에서 주연급 조연으로 활동합니다. 2시즌은 2015년 여름에 시작할 예정입니다. 담사연과 더불어 새로운 주연들이 대거 투입될 예정이니 많은 기대 바랍니다.

수담 · 옥

구룡쟁투(九龍爭鬪) ─ 멸망의 전주곡

태화 구 년 팔월 십오 일, 절강성 태문(太門) 포구.

중추절이다.

남해와 서해를 잇는 절강성 최대의 포구, 태문 포구에는 명절을 맞이해 가족 단위로 포구에 나온 사람들로 오전부터 내내 발걸음이 끊이지 않는다.

날이 좋았다. 하늘은 맑고 바다는 잔잔했다.

사람들은 포구에 서서 광대한 바다를 바라보며 가족의 무사 안녕과 소원을 빌었다. 환마종 초휘와 초휘의 아내인 서지약도 이날 포구에 나와 각자 소원을 빌었다.

"당신은 뭘 기원했지?"

"비밀이에요."

"그러지 말고 좀 가르쳐 줘. 난 당신과 함께 살 수 있기를 빌었단 말야."

"소원을 빌 땐 혼자만 알고 있어야 해요. 다른 이에게 알려지면 그 소원이 이루어지지 않는대요."

아내의 말에 초휘는 눈을 흘겼다.

"치이. 그런 게 어디에 있어."

초휘의 고향은 이곳 절강성 태문이다. 신마교에 들어가는 바람에 부득이하게 태문을 떠나긴 했어도 초휘가 고향을 소중히 생각하는 마음은 어디를 가든 무엇을 하든 이제껏 한결같다.

'그건 서지약, 당신이 이곳에 있기 때문이지.'

초휘는 어린 시절에 서지약과 혼약을 맺었다. 워낙에 활동적인 성격이라 어릴 때부터 무림인들과 어울려 다니며 많은 사고를 쳤는데 그럼에도 서지약은 부인으로서 한 번도 불만을 품지 않았다. 가족의 생활은 물론, 초휘의 늙은 부모 봉양도 서지약이 거의 홀로 책임졌다. 서지약의 헌신적인 남편 뒷바라지가 아니었다면 초휘는 오늘날 신마교의 삼마종 자리에 오르지도 못했을 터다.

서지약이 문득 물었다.

"참, 당신 이번엔 교주님께 행선지를 보고하고 온 것 맞죠?"

"당연하지. 허락도 없이 내가 어떻게 이 먼 거리를 달려올 수 있겠어."

서지약이 초휘의 얼굴을 빤히 쳐다봤다. 초휘의 인상이 곧 굳어졌다. 세상 사람을 다 속여도 이 여자 앞에서는 거짓말이 통하지 않는다.

"알, 알았어! 오늘밤에 떠나면 되잖아."

서지약이 바다를 바라보는 방향으로 돌아섰다.

"아니요. 지금 떠나세요. 교주님이 일전에 내게 말했던 말이에요. 한 번만 더 교리에 맞지 않게 무단 행동 하면 당신을 교단에서 쫓아내 버린다고."

초휘가 인상을 구겼다.

"제, 젠장! 그놈의 교리가 뭐가 중요하다고!"

초휘는 중얼거리면서 서지약의 얼굴 앞으로 슬그머니 다가섰다. 서지약은 어서 떠나라는 말과 함께 다시 등을 돌렸다.

"씨! 내가 정말 신강에 돌아가면 교주와 결판을 낸다. 사교 집단도 아니고 가정을 못 이루게 하는 교리가 세상 어디에 있어!"

초휘는 투덜대며 포구로 걸어갔다. 걸어갈 때 몰래 뒤돌아

보았지만 서지약은 바다를 바라보는 자세를 유지하고 있었다.

절강에서 신강까지는 아득한 거리이다.

초휘가 아닌 보통 사람의 움직임으로는 한 달의 시간이 걸려도 그곳까지 당도하지 못한다. 초휘는 그 거리를 닷새 안으로 주파한다. 마음을 오지게 먹을 경우 이틀 만에 다다를 수도 있다.

전방에 저자가 형성되어 있다. 초휘는 경공술을 발휘하려다 말고 저자로 들어갔다. 조금 전에 아내의 신발을 보니 몹시 낡아 있었다. 떠날 때 떠나더라도 예쁜 꽃신 하나는 사주고 갈 생각이다.

당혜가 진열된 신발 가게 앞에 서서 초휘가 이것저것 골라보고 있을 때다.

콰르르릉! 콰르르릉!

저자의 건물들이 돌연 뒤흔들렸다. 지진이 원인은 아니다. 이 진동은 공간 안에서 울려 퍼지고 있다. 잠깐 사이에 진동이 더 심해졌다. 저자의 좌판이 땅으로 쏟아졌고 사람들이 와르르 넘어졌다.

두두두두두두!

말발굽 소리가 들려왔다. 이것도 땅에서 들려오는 소리가 아니다. 믿을 수 없게도 말발굽 소리는 공중에서 들려오고 있다.

콰르르릉! 두두두두!

괴이한 진동음과 말발굽 소리가 저자를 온통 울렸다. 강풍이 휘몰아치는 가운데 바닷새가 하늘을 새까맣게 뒤덮었고 아이들은 두려움의 울음을 펑펑 터뜨렸다.

쾅!

공간 속에서 폭음이 울렸다. 미증유의 폭음. 청각이 멍멍한 상태에서 사람들의 시선이 한곳에 집중되었다.

황금빛의 고대어가 적힌 두 개의 문설주.

바다를 등진 저자 앞에 그게 생성되어 있었다.

두두두두두두!

문설주 안에서 흑마가 달려 나왔다.

흑마의 등에는 발부터 머리까지 흑포로 뒤덮은 남자가 올라타 있었다.

"달아나! 모두 어서 달아나!"

흑포의 남자가 말을 몰고 나오던 중에 다급히 소리쳤다.

경고의 음성이지만 사람들은 아무도 달아나지 않았다. 눈앞에서 벌어진 이 신기한 현상을 그저 멍히 바라보기만 했다.

—양소! 드라칸의 뜻이다! 네가 도주한다고 해서 멸망의 역

사를 막을 수는 없다!

공명하는 듯한 여인의 음성이 들려왔다. 그와 동시에 흑마를 뒤따라 백마의 기사들이 문설주 안에서 쏟아져 나왔다. 백마의 무장들 뒤편에서는 금발의 여인이 허공을 쭉쭉 걸어오고 있었다.

흑포의 남자가 뒤를 돌아보곤 소리쳤다.

"닥쳐! 미르실! 멸망의 역사는 우리가 아닌 너희가 겪게 될 것이다!"

투투투투투!

백마의 기사들이 일제히 창을 내던졌다. 흑포 남자가 당찬 기합을 토하며 흑마의 등에서 솟아올랐다. 흑마가 창에 꽂혀 어육으로 변할 때, 흑포 남자는 공중에서 삼단창을 뽑아 들어 백마의 기사들을 향해 휘둘렀다.

타타타타타!

백마의 기사들이 삼단창에 타격되어 말에서 와르르 떨어졌다.

땅으로 내려선 흑포 남자는 곧장 앞으로 내달리며 소리쳤다.

"달아나! 모두 어서 달아나란 말야!"

저자의 사람들은 이번에도 흑포 남자의 말을 듣지 않았다.

경고라는 것을 알고 있지만 눈을 돌릴 수가 없었다. 허공에서 걸어오는 금발의 여인. 중원의 어떤 여인도 이보다 아름답지 않았다. 거기에다 실오라기 하나 걸치지 않은 알몸이었다.

금발의 여인이 금빛의 눈을 번뜩이며 두 손을 하늘로 들었다.

─불칸의 후예! 드라칸의 딸! 대해(大海)의 수호령! 미르실의 이름으로 명한다! 대해의 분노가 오늘 이곳을 덮치리라!

콰아! 콰아! 콰아아아아아아아!

여인의 뒤편 공간으로 바다가 벌떡 일어섰다.

끝이 보이지 않는 바다의 높이!

"오! 맙소사!"

사람들이 이제야 비명을 내지르며 포구 반대 방향으로 도망갔다.

예외는 단 한사람.

'지약!'

몰려오는 해일을 가르고 포구로 빛살처럼 달려가는 남자, 환마종 초휘였다.

절강성 대포청 분단 특급!

일시 : 태화 구 년 팔월 십오 일.

사건 : 태문 포구, 해일에 완전히 잠김.

원인 : 모름. 자연재해는 아님.

결과 : 사망자 최소 십만 명. 실종자는 너무 많아 파악 불가. 대포
청은 무림맹에 보고해서 즉시 지원 부대를 보내줄 것!

2015년 여름,

무협 VS 판타지 전면전이 시작됩니다.

천산루

FANTASTIC ORIENTAL HEROES

조돈형 新무협 판타지 소설

『궁귀검신』, 『장강삼협』의 작가 조돈형
그가 그려내는 새로운 이야기!

무림삼비(武林三秘)

천외천(天外天), 산외산(山外山), 루외루(樓外樓).

일외출(一外出), 군림천하(君臨天下)!
이외출(二外出), 난세천하(亂世天下)!
삼외출(三外出), 혈풍천하(血風天下)!

가문의 숙원을 위해, 가문을 지키기 위해
진유검, 무림의 새로운 질서를 세우다!

Book Publishing CHUNGEORAM

유행이 아닌 자유추구-
WWW.chungeoram.com

무경 新무협 판타지 소설

FANTASTIC ORIENTAL HEROES

암제귀환록

마흔에 이르기도 전에 얻은 위명.
암제(暗帝).

무림맹의 충실한 칼날이었던 사내.
그가 무림맹 최후의 날에
모든 것을 후회하며 무릎을 꿇었다.

"만약 그때로 돌아갈 수 있다면……."

사내의 눈이 형용할 수 없는 빛을 토했다.

"혈교는 밤을 두려워하게 될 것이다!"

Book Publishing CHUNGEORAM

유행이 아닌 자유추구 -
WWW.chungeoram.com

현대백수 장편 소설 FUSION FANTASTIC STORY

간웅

뇌성벽력이 치는 어느 날!
고려 황제의 강인번을 들고 있던
어린 병사가 낙뢰를 맞고 쓰러졌다.

하지만… 다시 눈을 뜬 이는
현대 대한민국에서 쓸쓸히 죽은
드라마 작가 지망생.

고려 무신 시대의 격변기 속에서 눈을 뜬 회생[回生].
살아남기 위해! 죽지 않기 위해!
그의 행보로 인해 고려는 서서히
변하기 시작하는데…….

치세능신 난세간웅(治世能臣 亂世奸雄)!

격동의 무신 시대!
회생, 간웅의 길을 걷다!

Book Publishing CHUNGEORAM

유행이 아닌 자유추구 ~
WWW.chungeoram.com

절정고수들이 하늘 높은 줄 모르고 질주하는 현 세상.
서른여덟 개의 세력이 서로를 견제하는 혼돈의 시대.

그 일촉즉발의 무림 속에
첫 발을 디딘 어린 소년.

"나는 네가 점창의 별이 되기를 원한다."

사부와의 약속을 지키고
난세로 빠져드는 천하를 구하기 위해
작은 손이 검을 들었다!

박선우 新무협 판타지 소설 FANTASTIC ORIENTAL HE

풍운사일

내일을 향해 쏴라

김형석 장편 소설
FUSION FANTASTIC STORY

1만 시간의 법칙!
'성공은 1만 시간의 노력이 만든다' 는 뜻이다.

그러나…
사회복지학과 복학생 수.
전공 실습으로 나간 호스피스 병동에서
미지와 조우하다.

1만 시간의 법칙?
아니, 1분의 법칙!

**전무후무한 능력이 수에게 강림하다!
맨주먹 하나로 시작한 수의
인생역전이 시작된다!**

Book Publishing CHUNGEORAM

청어람이란 자유추구
WWW.chungeoram.com

한량 아버지를 뒷바라지하며
호시탐탐 가출을 꿈꾸던 궁외수.

어린 시절 이어진 인연은
그를 세상 밖으로 이끄는데…….

"내가 정혼녀 하나 못 지킬 것처럼 보여?"

글자조차 모르는 까막눈이지만,
하늘이 내린 재능과 악마의 심장은
전 무림이 그를 주목하게 한다.

"이 시간 이후 당신에겐 위협 따윈 없는 거요."

무림에 무서운 놈이 나타났다!